つけ　力強い動作を表現する効果音。また、足音・破壊・争闘などの擬音。上方では「かげ」。

道具幕《どうぐまく》　舞台転換の効果をあげるため、本舞台を見せる前に、舞台の前方に吊る幕。山幕・浪幕・網代《あじろ》幕など。

遠見《とおみ》　背景に用いられる書割りのうち、とくに遠景を描いたもの。山遠見・野遠見・海遠見など。また、遠景の人物の代わりに子役を使う演出をもいう。

ト書き　脚本でせりふ以外の動作、演出を書いた部分。片仮名の「ト」で始める習慣からの称。

とど　とどのつまりの略。一連の演技が終って、の意味。

鳥屋《とや》　花道のつき当たりの揚幕の中の小部屋。花道を使う役者が出を待つ部屋。

鳴物《なりもの》　三味線以外の下座音楽の総称。

西・東《にしひがし》　江戸の芝居で舞台に向って左側(下手)を西、右側(上手)を東という。

二重《にじゅう》　大道具の一種。舞台の上を高くするため、家屋の床・堤・河岸などを飾るとき土台として据える木製の台。また、この台を使って作った場所も「二重」という。

暖簾口《のれんぐち》　民家の場面で、屋体の正面に設ける出入り口。わらび手などを染めぬいた木綿地の暖簾をかける。

橋懸(掛)り《はしがかり》　舞台左の奥寄りの舞台と出入り口。

花道《はなみち》　下手寄りの観客席を貫く通路。特殊演出の舞台ともなる。仮花道は上手寄りに仮設される。

引抜き《ひきぬき》　舞台上で瞬時に衣装を変える方法。

引っぱり　舞台にいる俳優たちが、緊張感をたもち形をつけてきまること。幕切れなどに「引っぱりの見得」が行われる。

拍子幕《ひょうしまく》　拍子木を一つ大きく打ち、つづいて早間《ま》から大間《ま》に打って幕を引くこと。また、その打ち方。

平舞台《ひらぶたい》　二重舞台をつくらず、舞台平面をそのまま用いた舞台をいう。

本舞台三間《ほんぶたいさんげん》　舞台中心の三間四方の所。の
より拡大されたが、台本の冒頭の指定にこの
習的に用いられた。

見得《みえ》　一瞬動きを止め、身体で絵画美を表現す

山台《やまだい》　舞踊劇で、出囃子、出語りの音楽奏者

よろしく　作者が現場に演技や演出をまかせる

六方《ろっぽう》　手足を大きく動かす歩く芸の一種。

「御浜御殿綱豊卿」〈浜手屋敷松の茶屋〉　左より，七世中村福助〔七世中村芝翫〕（お喜世），九世市川海老蔵〔十一世市川団十郎〕（綱豊），四世沢村由次郎〔六世沢村田之助〕（お古宇），六世中村歌右衛門（江島）

同〈もとの綱豊居間〉　左より，六世坂東簑助〔八世坂東三津五郎〕（富森助右衛門），九世市川海老蔵（綱豊）

「御浜御殿綱豊卿」〈お能舞台裏〉　左より，
六世坂東簑助（富森助右衛門），三世市川寿海（綱豊）

（〈場名〉は上演時の台本による）

「巷談宵宮雨」〈太十宅〉 左より，三世市川翠扇（おいち），
十四世守田勘弥（太十），十七世中村勘三郎（竜達）

同〈太十宅〉 左より，
十四世守田勘弥（太十），十七世中村勘三郎（竜達）

「巷談宵宮雨」〈深川丸太橋〉
十七世中村勘三郎（竜達の幽霊）

写真提供松竹株式会社

kabuki on-stage 23

御浜御殿綱豊卿
巷談宵宮雨

真山美保　編著
小池章太郎　編著

監修
郡司正勝
廣末保
服部幸雄
小池章太郎
諏訪春雄

白水社

凡例

一、本巻所収の作品の底本は、巻末の解説中の〔底本〕の項に記載される。
一、作品の表記は現代仮名遣いに改めてあるが、「〱・々・ゝ」などの踊り字はそのまま採り入れた。難読字には適宜ルビを付す。
一、台本用語集＝各巻共通に用いられる用語の注釈を前後の見返しに掲げる。脚注に「⇩用語集」とあるのは、「この注釈を参照せよ」の指示である。
一、梗概＝各作品の荒筋を一括して巻頭に掲げる。
一、脚注＝注番号は、見開きページを単元として数え、語の肩に付ける。
一、芸談＝古今の名優による芸談を作品に即して引用・抜粋して掲げる。
一、解説＝〔通称・別題〕〔初演年月日・初演座〕〔作者〕〔初演の主な配役〕〔題材・実説〕〔鑑賞〕〔底本〕などを内容とする解説を一括して巻末に掲げる。

= 目次 =

梗概

御浜御殿綱豊卿《おはまごてんつなとよきよう》　三幕五場

上の巻《じようまき》　甲府家浜手屋敷内の休息所の場

元禄十五年三月のある日、後に六代将軍家宣《いえのぶ》になる甲府侯徳川綱豊の江戸における別邸御浜御殿、その中のお塩浜では、年に一度の恒例の、無礼講のお浜遊びがはじまりかけていた。

幕があくと、赤穂浪士の一人富森助右衛門《とみのもりすけえもん》と、奥女中で主君綱豊に殊のほか愛されているお喜世《きよ》とが、しきりと言い争っている。実は助右衛門は、お喜世がこの屋敷に奉公に上がる際、形式上必要な仮の親となっていたのだった。

助右衛門はお喜世に、今日のお浜遊びを外からのぞき見させてくれるよう、手配をたのむと懸命の様子だ。今日一日は奥女中から末端の使用人まで、ほとんど総出で、仮装して別の人間になりすましてたわむれ遊び、音楽を奏したりして楽しむ。助右衛門の本心は今宵この屋敷内を通行するはずの吉良上野介《きらこうずけのすけ》の顔を見知りたいのであったが、それは今言えない。

お喜世の方では、武士たる者が女のざれ遊びをのぞき見したいなどという助右衛門のおろかしさに怒り、助右衛門はまたお喜世を恩知らず、義理知らずと罵《ののし》り、けんか同然にもなりかけるが、助右衛門は人の来るのを知ってお喜世を威嚇し、同時に懇願しつつ、去って行った。

ところへ奥女中の最高位にある浦尾《うらお》とその腹心の配下である野村が通りかかり、お喜世が手紙を手にしているのを見て、それを出せと迫る。この手紙は浅野内匠頭《あきのたくみのかみ》未亡人付きの老女で、内匠頭夫人の乳人《めのと》にあたる人から浅野家再興にからんで寄せられたもので、お喜世としては余人に見せられるものではない。必死になってお許しをと願い、浦尾はまた上着をはがして表役人に突き出そうかとまで厳しい究明に及ぶ折から、お喜世と仲好しの奥女中江島《えじま》がやって来て、主君綱豊が浦尾を呼んでいると言ってその場を追い出して、お喜世の急場を救うのだった。

江島は主君綱豊の寵愛深いお喜世には当然朋輩のねたみがあり、身をつつしむが上にもつつしまねばならぬとさとしつつ、先の手紙をお喜世との親しみから受けとって読み、事の重大に驚く。内匠頭夫人は去年夫の刃傷《にんじょう》、切腹以来の心労がつもって大病となり、先の乳人《めのと》が、内匠頭の弟大学によって浅野家再興がかなえばさしせまった大病もゆるみ、はれるとの一心から、お喜世に綱豊に内願してくれと切に頼んでいる。江島は政事《せいじ》向きのことは遠慮すべきであると厳たる態度を見せながら、急にくだけて、安心なされ、当家御主君の奥方様のお里元近衛《このえ》関白家では、大石内蔵助《おおいしくらのすけ》の器量人であることを見込まれ、御執心から何とか近衛家に仕官させたい、そのためには大学さまによる浅野家再興が大事と、上様への御嘆願を当家お殿様にせわしく御督促《とくそく》、奥方様もお里元の願いなれば殿様への根強いお願いあり、いずれの方《かた》より見ても早晩このことは成りましょうと言う。お喜世は私も内匠頭様御刃傷御切腹までは浅野家御台《みだい》様づきにつかえた者、浅野家再興なれば旧恩あるお方の御病気も消えましょうと喜ぶのだった。

お喜世は更に助右衛門のお浜遊びのぞき見切望について、おろか者とけなすのを、江島はむしろお安いこと、自然なことと笑いとばして、女中達もみな見られたいのが本心と、気の合った女同士のうちとけた笑い話のうちに、本篇の主人公、当家主君綱豊が、ほろ酔い機嫌で歩み来たる。

奥女中頭《がしら》の浦尾がそばにつき、奥方様からのたってのお願いと、浅野家再興の承諾を得ようとするが、綱豊はうるさがって、別の用事を言いつけて追い帰してしまう。続いて奥方付き用人諸井左太夫《もろいさだゆう》も、近衛関白家からの容易ならぬ願いの深さをあげて、浅野家再興を将軍家へ綱豊自ら申し出ることの承知を念を押して聞きとどけようとするが、綱豊はこれにも腹を立てて退ける。

綱豊は奥方は上品すぎて一緒にいるのがつくづく疲れるとこぼし、お喜世の手をとって愛情を示すのだった。

やがてお喜世の口から助右衛門が浜遊びをのぞき見したいと切に願っていることを聞くや、綱豊は感情を高調させて、お喜世や江島の驚きにかぶせて、自分が許す、たっぷりと見せてやれ、長い苦労、日々の辛さ、みんな吉良故なれば、さぞかしその面体《めんてい》を見たかろう、ゆっくり見物せよと、わが言葉を伝えておけと激発の言葉をつらねて、遂には決然と大笑するのだった。

これらの間《かん》をぬって、お浜遊びの模様、抜け参りの巡礼姿、七里飛脚の勢いのいい格好、宿場の飯盛り女と伊達奴《だてやっこ》の面白いやりとり、仕草、踊りの味わい等、大々名とこの家の主人の寛闊《かんかつ》さを暗に示す、にぎやかさ、華やかさを丁寧に、豊かに盛りこみつつ、劇の上の巻は終わるのである。

中《ちゅう》の巻《まき》　御浜屋敷内で、綱豊の居間に近い御対面所の場・潮《しお》入りの池の中にある釣殿《つりどの》の場

時は前場に続く。奥家老津久井九太夫《つくいくだゆう》に案内されて新井勘解由《あらいかげゆ》、即ち史上に名高い白石が入って来る。これは前場で綱豊が浦尾に命じて呼びよせたものであった。

話はまず、京都御所内でも内匠頭への同情の声が高まり、殿中刃傷、切腹のその日、勅使、副勅使の二人が、上野介が死んだのでもないのに、何故《なにゆえ》内匠頭切腹を差し止めなかったか、天皇におかれてもその点が甚だしくお気に入らず、勅使、副勅使ともに未だに謹慎同様の身であることが綱豊の口から告げられ、勘解由は暗涙をもよおした。

次いで、近衛関白家と大石家の関係に入り、大石家は浅野家につかえる前に近衛家につかえていたことがあり、そのためもあって近衛家の大石を自家に仕官させたい願望はより強く、それ故にこそ浅野家を再興して大石にとっては主家の行先を安堵《あんど》させるのが先決であるとのことから、大学による浅野家再興を望んでせきたてて止《や》まない。綱豊御台からのくり返しての願いもある。内匠頭未亡人付きの老女からの、お喜世を通しての頼みもある。三方四方、浅野家再興のことは自分がなすべき因縁事とは思うが、それだけに自分も迷い、苦しむ。

綱豊はこう言い進めて、自分が一言《ひとこと》将軍家へ言い出せば、綱吉とは伯父甥《おい》の間であれば浅野家再興のことは瞬時にして成る、それ故にこそ言い出しとうはないと言う。勘解由も綱豊の心を察し、将軍家では去年の内匠頭に対する裁きを後悔していること故、綱豊が浅野家再興のことを願い出れば大喜びで直ちに承知すること間違いなしと言う。だが勘解由はそれを望んでいるのではないのだった。

二人は二人とも浅野家再興を望んでいない。彼等は赤穂浪士達に吉良家討ち入りをさせたいのだ。綱豊が世道人心のために是非にそうさせたいと言うと、勘解由は師として弟子の判断に涙を流して喜ぶのであった。

言い出せば必ずなること、諸家《しょけ》諸方で望んでいること、即ち浅野家再興の一事を何故《なぜ》なそうとしないのかと言えば、浅野家再興が成れば、もはや吉良家討ち入りは出来なくなるからだ。浅野家再興と吉良家討ち入りと両方とることは、筋道上出来ないのだ。

綱豊がこの厳粛な一事を口にすると、勘解由も同意同感し、師弟、同時に主君と家臣は思いをこめてじっと互いの眼をみつめあうのであった。

話はやがて大石内蔵助最近の放蕩《ほうとう》に及び、勘解由は大石の心に疑念を示すが、綱豊はその逆に、その放蕩故にこそ大石の心が信じられると言い、丁度酒宴の用意をととのえ、運び来たったお喜世に富森助右衛門を呼ばせ、信じながらもなお疑いの残る、大石達の本心をさぐり切ろうと決心し、江島に助右衛門をこれへ召し連れよと命じる。勘解由は学者としてのあわただしい心、「あれもしなければ、これもしなければ」と身をせめる自分を半ば嘆いて、綱豊も「これもお道楽ですな」と言い、師弟ともに快笑するのであった。

舞台が回り、場面が変わると、同じ御浜屋敷内の、池中にある釣殿。渡り廊下が先の対面所に続いて、番人甚内《じんない》の案内で富森助右衛門が出て来る。これは綱豊の命を受けた江島からの伝達によるものであった。

助右衛門は聡明沈着の人であるが、吉良家動静をうかがうために、わざと無骨者、非常識の様をよそおい、ただ上野介当屋敷到着の時刻のみ本心より気になるので、案内の甚内にたずねるが、番人より奥向きのお召しと聞かされ、狼狽《ろうばい》の体《てい》を見せて、急にどもってみせたりする。奥女中江島が出て、殿様お待ちかねと聞き、なおさらあわてふためいて、逃げ出そうとするのを、江島、甚内ともに大笑いして、綱豊前に向けて、助右衛門を引っ張って行き、中の巻はこれで終わって、劇はこれよりいよいよクライマックスに入ろうとするのである。

下《げ》の巻《まき》　御浜屋敷内の、もとの対面所の場・お能舞台、臨時楽屋口前の場

綱豊はお喜世に、内匠頭夫人の病状をたずね、未亡人の今の身の上を案じて、優しいところを見せる。これは彼本来の性格でもあるが、お喜世を愛しているためでもあった。お喜世は感謝して、自分も旧恩ある人のために毎日お百度をふんでいることなど語るうち、江島に連れられた助右衛門が出て来る。彼は主君御前を苦しがって逃げ出そうとするのを、江島が殿様御意思とあって逃げるを許さず、綱豊はまた対面所と控えの間の境い目である閾《しきい》を越せと言うが、助右衛門は恐れ入って閾をこえて中へ入ろうとしない。

助右衛門は最初の恐れ入った態度を、綱豊の言葉につられて次第にかなぐり捨て、太々《ふてぶて》しく、ズケズケとものを言うようになり、対面所の中へ入らないのも今は遠慮ではなく意地からである。お喜世は主君の手前はらはらするが、綱豊は面白がって、あるいはからかい、さぐりを入れ、挑発し、罵っても見せ、本心を引き出そうとして、遂には真の誠実心の発露も見せる。この両者のやりとりは、おかしみからはじまって、やがて息づまるような言葉の決闘となって行く。

綱豊は助右衛門の心をためそうとして、当家へ仕官する気はないかと問い、助右衛門はお喜世は当家おかかえの際、仮親が必要とあって証文の表《おもて》だけの兄妹《きょうだい》となっているが、いずれ別の人に譲って自分の名前は消してもらうつもりだと言う。綱豊はここぞと、そちが兄であっては喜世が困ることでもあるのかと、暗に吉良家討ち入りの意図のあるなしを含ませて、助右衛門をぎっくりさせる。

やがて話は大事の中心に入り、綱豊は、世間では大石を城明け渡しの際に見せたこまやかな、行きとどいた見事さから、大変な偉い男のように言うが、俺の目から見れば大石は大きな間違いをおかしている、つまりは彼も小藩の武士だ、物事の道理、大きな筋道を知らないと嘲《あざけ》る。助右衛門がさすがにむっとするのを、

綱豊は更に嘲弄《ちょうろう》を強めて、その大石に従うお前達がうろうろしている間に吉良は米沢《よねざわ》、上杉の領国に逃げているのだ、どうだ五万三千石のやせ浪人、その時になって歯がみして空をにらんでも、もうおそいのだと、あらん限りの言葉をあげて高らかに笑い嘲るのであった。

これは綱豊が大石や助右衛門らを真実さげすんでいるのではなく、わざと激しい嘲罵《ちょうば》をあびせて、助右衛門が思わず我を忘れて本心を口にするのを待っているのだが、助右衛門はその手に乗らない。それでも一時は悲しみ、怒りに涙にくれたが、すぐ気をとり直し、一段と図太くなる。ここはあなた様のお屋敷なれば好き勝手なことをお言いなさい、この私でも家に帰れば女房子供、召使いを前に甲府家三十五万石のお大名の悪口ぐらいは平気ですると言う。

お喜世がたまりかねて「これ、兄様《あにさま》」と止めるのを、綱豊は笑って制して、ここで彼は態度を変えた。からかい、さぐり、引っかけ、嘲罵、挑発をすてて、真面目《まじめ》になり、厳粛となった。

助右衛門、俺はな、たわむれ心からお前達に聞いているのではないぞ。俺は今あることで真実その処置に困っているのだ。だからこそお前達の本心を知りたいのだ、心の底を見極めたいのだ。俺はその事で武士道が今の世にもあるのをしかと見たいのだ。……

綱豊の誠心が迫るにつれ、助右衛門の心も動くのだが、わざとそらうそぶいて、おひまな方はおひまな考えもありましょうと言う。

綱豊はなおも大石の去年の江戸下向《げこう》、更にはにわかの放蕩など、たたみかけるようにその理をといつめるが、助右衛門は度を失いながらも山科《やましな》の当人にお聞きなさいと、かわすのみである。

綱豊はややがっかりしたが、更に心力をふりしぼって、俺は頭をさげ、手をついても、そち達の本当の心を知りたいのだ、俺はそち達を日本の道義の士としてあくまで信じたいのだと迫る。

助右衛門は綱豊の真情に打たれる。感動は頂点に達し、相手にうち負けそうになる所を、そうはならじと一層逆に出る。さてこれよりクライマックス中の最クライマックスに入る。助右衛門は胸をはり、顔をあげ、形を正して、力強く言う。

あなた様は大石が現在放蕩に身を持ちくずす故、仇討ちの企てありとおっしゃるのですか。ならばお聞きしますが、あなた様は六代の将軍職をお望みなるがため、現在遊惰に身をやつされるのですか。

助右衛門のこの大胆苛烈な言葉に、お喜世はお手討ちを待つまでもない、兄様覚悟と懐剣に手をかけ助右衛門に躍りかかろうとするのを、綱豊は制しながら怒りに身をふるわせて我知らず立ち上がる。助右衛門はなおも続け、将軍家につぶされた幾多大名はみな世の評判のよい大名家ばかり、賢く見え、立派に聞こえれば身が危ない、疑いをさけるためには阿呆をよそおうほかはない、そう思えばこその今日遊惰三昧、酒色に身をくずすおふるまいと、人が言えばあなた様は傷つかれましょう。内蔵助とても同じこと、彼の現在の放蕩は仇討つ決心の裏の計略なのかとお問いなされても、われらがどうして言えましょうか。言えもせず、分かりもせず、答えも出来ぬことではありませぬか。

助右衛門のこの言葉中、お喜世はただすすり泣き、綱豊は顔色蒼白となりながらも、やがて怒りを鎮《しず》め、カラカラと笑って、もはや本心を聞きただすことはあきらめ、ただ「明日《あす》は久方ぶりに登城して、近衛関白家からの願いを直接将軍家に願い出よう。浅野家再興はもう目前だ。だが浅野家再興なれば、そち達も仇討ちは出来なくなるぞ。自分の方から浅野家再興を願い出しておきながら、その成立と共に一方で吉良を討つのは許されぬことだ」と言い、その場を立ち去ろうとする。

助右衛門は事の一大事に驚愕し、仇討ち出来ぬ不安に動転、遂に今の今まで意地から越えなかった閾を遂にたえ難くして越えて、綱豊に走り寄る。

上から見下ろす綱豊の眼、下から見上げる助右衛門の眼、四つの眼は無限の思いをこめてしばし動かず、やがてこらえ切れない助右衛門のむせび泣きの声が高まって行く。

綱豊の去った後、二人切りとなった助右衛門とお喜世とは、互いに名を呼びかわしつつ、すすり泣きの声が長く続く。

と、「吉良様おこしにござります」の声と共に女中数人が大廊下をかけて行く声が聞こえる。助右衛門は立ち上がり、浅野再興成就はもはや確実なれば、今ここで吉良を見逃しては主君の恨みをはらすことは永久に出来ぬ。許してくれと刀をさげてかけ出そうとする。お喜世は必死に引きとめ、今ここで刀をふるえば御当家にあまりにも恐れあり、今宵のお能に吉良さまは船弁慶のシテに出られる。そこで思いをお果たしなされ、どうせ私も覚悟していると言い、助右衛門はそれではそなたが上野介を手引きしてくれるかと念を押して、二人は眼を合わせて互いの覚悟をじっと見定めるのであった。

舞台が変わればいよいよ大詰め、能舞台の臨時楽屋口前である。

謡の声の朗々と聞こえるうちに、決死の助右衛門、身仕度りりしく、槍をさげて物かげより、身をひそめつつ現れ出でる。楽屋口から、今宵吉良上野介が演ずる予定だった後半主役平知盛《たいらのとももり》に扮した綱豊が出て来て、姿勢をととのえて能舞台の仮廊下に向かう。助右衛門はこれを上野介と思いこみ、両者立ち回りとなり、そのうち拍子に能面はずれて、上野介ならぬ綱豊であることが分かって、仰天した助右衛門は逃げ出そうとするが、綱豊より大たわけ者と叱りつけられ、もはややぶれかぶれで綱豊をも討とうとする。

立ち回りは激しくなり、その間《かん》能舞台より謡の声なおも力強く聞こえ続ける。遂に綱豊が、「お前達は吉良の首さえとればそれでいいのか。聖賢の言葉をどこに聞いた」と中心の一事を言うに及んで、助右衛門もぎょっとして心ひるむすきに、綱豊は躍りかかって押さえつけ、襟髪を引きつかんで、「人が大事をなす、その根本の意味、価値の重さは事を思い立つ、その思い立ちのま心の誠実さにあるので、結果の成功不成功にあるのではない。吉良の首をとっても行う筋道、やり方に不理、不道徳があっては何にもならないのだ」と叫び、教え、ここではじめて大石内蔵助への優しさを見せて、彼の本心は初手から主君の無念を晴らすことにある。城受け取りの上使、目付けに対し、当座のがれに事をおさめるため浅野家再興を願い出たのは大石の失策だ。自分の方から公儀に対して浅野家再興を願い出ておきながら、その片方で吉良を討とうとするのは世をあなどるものだ。大石はその道理を知り、自らの過失をせめ、おのれの過失とそれより流れ出る事の成り行きに苦しんで、そのたまらなさに京都の遊里に強いてわが心をなだめようとしているのだと、大石の苦悩に涙をそそぎ、更に本来の一大事に突き進んで、助右衛門よく聞け。吉良が畳の上に死んでも、そち達が至誠をつくせばその至誠は傷つけられはしない、生きて働く。最大の肝心重要事は吉良を討つこと、首をとることにあるのではない、そこに至るまでにわが身の至誠の限り、思慮の限りをつくすことだと、ま心こめて教え、さとすのであった。

助右衛門もここに至って、綱豊の真剣と道理に打たれ、槍を投げ出して平伏し、「恐れ入りました」としんから敬服、随順を示して大声で泣くのであった。

折から奥用人津久井九太夫と奥女中江島その他が出て来て、助右衛門の姿を見て事の意外に驚く。綱豊はこれを制し、わざと助右衛門の名を言わず、「阿呆払いに追い出せ」と一応のとがめの罰を命じつつ、実は静かに送り出してやれと、心利いた江島に言い含めて、自身は悠然と容をととのえ、能舞台に向かって行くのだった。

巷談宵宮雨《こうだんよみやのあめ》　三幕八場

第一幕第一場　文政年間のある年、八月三日の日暮れちかい午後。深川黒江町にある虎鰒《とらふぐ》の太十《たじゅう》という遊び人の家である。近所の寺から木魚の音が陰鬱《いんうつ》に響いてくる。太十の伯父の竜達《りゅうたつ》は僧侶くずれで、女犯《にょぼん》の罪によって寺を逐《お》われ、晒《さら》し刑に処されたあげく、甥《おい》の太十・おいち夫婦を頼って、この家の厄介となっている。

竜達が門前の花屋の娘に手をつけて生ませたおとらは十五歳になり、太十の娘分として育てられてきたが、佐賀町にある奉公先の医者の家から、わけありで逃げだし、太十のところへは敷居が高いため、近所の人入れ屋へ戻ってきている。

太十が釣りから帰って間もなく、竜達が昼寝から眼ざめて起きて出てくる。大兵《だいひょう》肥満の見るからに薄汚い老人で、入牢中にできた疥癬《かいせん》（皮膚病）でしじゅうボリボリと体中を掻《か》いている。太十夫婦がこの伯父の世話をしているというのも、実は竜達が大金を隠し持っているにちがいないと見込みをつけ、欲にからんでのことであった。太十は釣ってきた鯰《なまず》を、晩にはたらふく食わせてやる、などと、竜達を上手にあしらっている。そこへ隣家の早桶《はやおけ》職人の女房おとまが現れ、娘分のおとらが隣家へ来ていると、こっそり知らせる。太十は竜達の手前、おとらを妾奉公《めかけぼうこう》に売りとばしたことが解ってはまずいので、あわてて隣家へ駆けつける。

第二場　太十の住居と背中あわせの隣家の早桶屋、太十の家とおっつかつの汚い住居で、耳の遠い早桶職人、徳兵衛《とくべえ》が、板敷の仕事場で板を削っている。奉公先の勤めがいやさに必死の覚悟で逃げ帰ってきたおとらを、おとまがなだめすかしている。

太十が台所へ鯰のお裾《すそ》分《わ》けだ、などと小桶を置いて入ってくる。太十としては、借りた金のカタにおとらを奉公に出したため、逃げだされては約束が反故《ほご》となって困るところから、おとらにはぜひ帰ってもらわなければならない。奉公先の医者は七十に手の届く高齢ではあり、この三四年の辛抱だ、などと、口を酸っぱくしておとらを口説く。

おとらは水に飛びこんで死んでしまおうかと思ったものの、明後日《あさって》の八幡《はちまん》様の祭礼を見てから、と思いなおし、太十の隣家へすがりつきに立ち寄ったものの、叔父の太十に説得され、あきらめて奉公先へと戻ってゆく。そんなおとらを太十は憐《あわ》れにも思うが、その後ろ姿がすっかり成人の女となっているのに見とれてしまう。徳兵衛に挨拶しておとらは去ってゆくが、徳兵衛は返事もしない。近ごろますます耳が遠くなったのだ。油蟬の声がかしましい。

第三場　舞台が回ってふたたびもとの太十住居。何も知らぬ竜達があぐらをかき、渋団扇《しぶうちわ》をつかっているところへ太十がのっそり帰ってくる。竜達は、もと居た寺の庭に百両の金が埋めてあることを太十夫婦にうちあけ、掘りかえして持って来てくれと太十に頼む。欲にかられた太十は安請合にうけあい、出かけるための腹ごしらえにかかる。

第二幕第一場　もとの太十住居。吊られた蚊帳のなかで竜達は眠っていたが、夢にうなされて眼が覚める。おいちは夜なべの針仕事をしながら居眠りをしていたが、これも起きて、竜達の悪夢の話を訊《き》く。太十が金を掘りだし、賭奕場《ばくちば》へ行ってスッテンテンに負けて帰ってきた夢だという。おいちはその心配を否定し、蚊いぶしをしかけ、竜達は再び眠りにつく。

やがて疲れかえった太十が泥足で帰ってくる。百両の金は首尾よく掘り起こし、油紙に包んだまま懐中に入れて持ちだしてきた。捕らぬ狸の皮算用で、太十とおいちは、百両のうち半分とまでは行かずとも、三十両はくれるだろうとあてにし、店賃《たなちん》も入れ、米屋の支払いをし、着物の一枚も買いたいものだ、などとワクワクしている。眼の覚めた竜達は、太十から金包みをひったくるや、金勘定に余念なく、大骨折りをしたと、しきりに売り込む太十を無視、金をもとの油紙に包みなおし懐に入れると、蚊帳に入って寝てしまう。礼金をあてにしていた夫婦はあきれ返るが、話は明日《あした》のことにしようと床をのべる。太十がむやみに団扇をバタつかせているのは、蚊の多いせいばかりではないようだ。

第二場 納豆《なっとう》売りの声で幕が明く。朝食の済んだそうそう、太十と竜達は言い争いをはじめる。礼金をわずか二両で済まそうとしたため、太十は腹を立てる。一つ間違えば喰らいこむ仕事をしたのだ、三十両は動かぬ相場だと主張してやまない。竜達は伯父・甥の仲でさもしいことを言うな、一両はおろか一朱もやらないと言い返し、二人は取っくみ合いの大喧嘩《おおげんか》となる。おいちはハラハラして見るばかり。隣家のおとまも、物音に驚いて出て来て留《と》めに入る。

第三場 隣の早桶屋。喧嘩の仲裁に入られて、隣家へ連れて来られた太十は腹の虫が納まらない。早桶屋の徳兵衛は仕事を怠けて早桶のこしらえが間にあわぬので、女房のおとまが叱りとばし、ここでも夫婦喧嘩が起きる。徳兵衛にひっぱたかれたのがきっかけで、おとまは風呂敷包みを持って家出をし、徳兵衛は跡を追ってゆく。

その留守の間のこと、所在なくうつらうつらとしている太十の耳に、石見《いわみ》銀山鼠とりの触れ売りの声が聞こえる。この鼠とりの薬売りは、かねて賭場《どば》で太十と顔見知りの勝蔵《かつぞう》という男。中風で手足が思うにまかせず、賭場への出入りも今はやめて、よんどころなく鼠とりの薬売りになったという。見れば草履《ぞうり》ばき、頰冠《ほおかむ》りをして幟竿《のぼりざお》を担ぎ、朝飯も食べていぬ気の毒な様子なので、太十は有りあう牡丹餅《ぼたもち》を差し出し、勝蔵はその礼心《れいごころ》に鼠とり薬を太十に与える。猛毒なので取扱いに用心してくれ、と言いおいて勝蔵は去る。

第三幕第一場　夜の太十住居。竜達が膳に向かい酒を呑んでいて、仲直りのあとの上機嫌でいる。太十は門口で鯰を料理している。八幡宮の祭礼の太鼓の音が聞こえてくる。今夜は宵宮《よみや》にあたるが、しめった風が流れて明日《あした》は雨かもしれない。

太十はようやく仕上がった鯰の鍋を持って上にあがり、二人は猪口《ちょこ》のやりとりをする。竜達は、鯰の味が苦いところがおつだ、などと箸《はし》を動かしている。そのうち、竜達は気分が悪くなったと言って蚊帳へ這い込んでしまう。蚊帳の中で相好《そうごう》の変わった竜達を太十が手拭いで絞殺する。おいちに戸口の締まりをさせ、太十は竜達の懐から財布を奪う。毒入りの鯰の効果は抜群で、血だらけの手を雑巾《ぞうきん》で拭い、足腰の立たなくなったおいちに手伝わせて、太十は竜達の死骸を葛籠《つづら》に入れ、車に乗せて捨てに出てゆく。

おいちがあと片づけをしているとき、今帰ったと言って竜達が帰ってくる。竜達は百両返せ、娘のおとらにも逢いたい、などと言ってもとの蚊帳に入ってゆく。空車《からぐるま》を曳《ひ》いて帰った太十においちはむしゃぶりつき、伯父さんが帰ってきたと囁《ささや》くが、太十は丸太橋から投げ込んだはずだ、と言って受けつけない。おいちは蚊帳の中に引きこまれて絶命する。そこへ隣家のおとまが知らせにくる。娘分のおとらが、丸太橋から投身し、水死体が上がった、と——。

第二場　丸太橋のたもとに菰《こも》をかぶせたおとらの死骸があり、それを覗《のぞ》きこんで弥次馬がむらがっている。雨が降りだし、泣きすがっていたおとまも去り、群集も散ってゆく。人影のなくなったあとに、灰色の人物……竜達がうずくまっていた。物につかれたように太十が登場する。すっくと立った竜達が手招きをすると、太十はもんどり打って川中へ落ちてゆく。沛然《はいぜん》と降る雨のなかで、竜達がおとらの死骸に向かって手をあわせていた。

御浜御殿綱豊卿
お はまごてんつなとよきょう

[一]上《じょう》の巻《まき》

[二]甲府家浜手《はまて》[三]屋敷（のち将軍家に帰してお浜御殿といい、明治後、浜離宮となる）のうち、松のお茶屋の御腰掛《おこしかけ》[四]というところ。

時は元禄十五年、三月上巳《じょうし》[五]節句のころ――。

舞台に見ゆるところは、海潮《しお》[六]入りの大池に面したる東屋《あずまや》[七]風の茶亭《さてい》[八]であって、俗にその辺をお塩浜ともいう。茶亭の下手《しもて》[九]には御亭山《ごていやま》と称するなだらかなる小阜《こやま》[一〇]あり、松楓《かえで》などの茂りあう間に、折からの山桜、チラホラと咲きはじめたるが見ゆる。上手《かみて》[一一]には、これも描けるようなバラバラ松の小阜あり、その小阜の裾《すそ》より奥の方に通ずる土橋《どばし》[一二]ありて、小《こ》ノ字島という小島に渡り、その小島よりまた土橋ありて、中ノ島のお茶屋という御台所《みだいどころ》[一三]の御休息所に通ずる。（ただし中ノ島は見えず）お腰掛の茶屋は、畳敷き八畳ほどの室《ま》あり、その前は吹抜き[一四]の土間にて、大池の面を広々と見はるかす。亭《ちん》[一五]は樹皮《かわ》つきの柱、萱葺《かやぶ》きの茶屋

一　作品全体を上、中、下の三部に分け、その初めの部分を言い、劇の大筋の基本となっている。
二　今日の山梨県中部を甲府と呼び、この地の領主である大名家。
三　海岸近くにある屋敷。
四　身分の高い人の休憩所。
五　三月三日。女の児を祝う節句で、雛祭（ひなまつり）をする。
六　海水が流れこむように作られた大池で、広大な大名家の豪華さを示している。
七　四本の柱と屋根だけで、壁がない、庭園の休憩所。
八　茶など飲む、風雅な休息所。
九　⇩用語集（上手・下手）
一〇　阜は岡、土地の小高い所で、山というには低すぎるので、この字を用いる。
一一　⇩用語集
一二　表面に土をおおいかぶせた橋。風流に見せるためにこうした。
一三　身分の高い人の妻の敬称。
一四　壁などがなく、外部がよく見えることを言う。
一五　眺めによく、休息にもよい、庭に作られた上品な建物。

がかりの建物にて、[一六]甲府侯徳川綱豊が常にその眺望を愛して休憩所とするところである。土間には湯釜《ゆがま》の用意あり、一通りの茶飲み道具などを置く。

花ぐもりの幾日かを過ぎたる快晴の午後、茶亭に立ちて遠く望めば、うらうらと立ち霞《がす》む[一七]潮げむりのなかに、はるか[一八]安房《あわ》上総《かずさ》の山々をおぼろに見る。この日は、甲府家にて「お浜遊び」と称する年中行事の一日で、その本邸たる桜田御殿（今の日比谷公園の東北隅）に勤むる奥[一九]女中、並びに[二〇]御《お》中奥《なかおく》[二一]の近侍《きんじ》の者など総出にて、この[二二]下《しも》屋敷に来たり遊び、春の日の長き一日を磯《いそ》あそびにくつろぎ戯れることになっている。[二三]末々《すえずえ》に奉公する者どもは、今日一日の遊びを命の洗濯として、銘々かねてより趣向の隠し芸やら、[二四]上下《うえした》なしの[二五]仮装《やつしごと》などに、たがいの芸事を競い合うのを常とする。

幕あく——。

午後は次第に日もうららかに、風あたたかく、一面毛氈《もうせん》を敷きつめたるような若草の中に、菫《すみれ》たんぽぽなど咲きみだれ、その[二六]青《せい》を踏みて奥女中らそこここに[二七]睦《むつ》れ遊び、その話ごえ笑いごえなど[二八]満庭にみなぎり

一六　甲府を領地とする大名で、五代将軍綱吉の甥に当たり、後に六代将軍家宣（いえのぶ）となる。
一七　海面からたちのぼる水蒸気で、けむりのように見える。
一八　今の千葉県の南部と中央部。
一九　江戸時代に将軍家や大名家につかえた女性で、奥向きの用事を勤め、身分の高いものとされた。
二〇　右同様の武家屋敷で、奥と表の中間部。
二一　主君のそば近くにつかえること。
二二　大名の武家屋敷で、上屋敷、即ち本邸に対する別邸。
二三　高貴の屋敷の奉公人で、身分の低い人達を言う。
二四　身分の高い低いの違いから生じる、日頃の礼儀作法を捨てること。
二五　自分とは違う人間に姿を変え、しぐさを真似て、たわむれる遊び。
二六　青々とした草花の上を気軽く歩くさまを言う。
二七　親しくよりそうて楽しくすごす。
二八　庭いっぱいに。

溢《あふ》れ、にぎやかにさざめきわたっている。

この時御亭山の裾、木立の陰にかくれて、何かしきりに争論している若き男女がある。男はすなわち赤穂《あこう》[一]浪人の一人富森助右衛門《とみのもりすけえもん》[二]、女は当家綱豊の御手付中臈《おてつきちゅうろう》[三]お喜世《きよ》[四]である。押し問答の極[五]、男は次第に威嚇的となり、女はうち[六]困《こう》じてただ泣きに泣くのみ。お喜世はあくまで娘らしく初々《ういうい》しきがよろし。

お中臈お喜世はこの時十八歳、勝田玄哲《かったげんてつ》という名もなき者（実は本願[七]寺づきの僧）の娘であるが、奥方付女中[八]となりて御三ノ間《おさんのま》[九]に奉公するうち、綱豊の愛寵《あいちょう》を受けてお手付中臈となった者である。しかし甲府家に仕えてまだようやく半年ほどの新参者ゆえ、この家の家風にも慣れず、起居《たちい》にも初々しいところがある。このお喜世、のちに綱豊の嗣《し》[一〇]子家継《いえつぐ》を生み、七代将軍となりたるため、おのずからその権威も高く、後世は月光院とあがめられて、歴史上有名なる婦人となった。

助右衛門は、浅野家に仕えて二百石[一一]、江戸生まれにて御使番《おつかいばん》[一二]をも勤むるほどの立派な当世男[一三]なれども、このごろは敵状偵察のため、勤番《きんばん》[一四]の田舎侍に扮《ふん》[一五]して諸方に立ちまじり、吉良《きら》家の動静をうかがう際ゆえ、髷形《まげがた》[一六]も刷毛先《はけさき》も、わざと野暮につくり、流行おくれの大碁盤縞《おおごばんじま》[一七]の小袖《こそで》[一八]

一　浅野内匠頭刃傷、切腹後、幕府によってとりつぶされた赤穂藩の浪人。
二　いわゆる赤穂義士の一人、この作品では様々な姿を見せるが、非常に聡明で、弁舌さわやかな人と伝えられる。
三　武家の奥向き女中で、主君が愛して男女の仲になった女性。
四　実在のこの名の人。美しく、賢く、気立てよく、後に将軍の生母となる。
五　散々あることをした果てにの意。
六　困りはてて。「うち」は意味を強める接頭語。
七　浄土真宗の本山のお寺。
八　主君の妻につかえる女中。
九　江戸幕府、またはそれに近い大名家の奥女中室のひとつ。この間（ま）につかえる人は掃除、湯水をつかさどり、上級女中の世話もした。
一〇　家の跡取りの子。
一一　江戸時代、武家は上級の主君より頂く収入を石高で表した。二百石とは中堅級の武士である。
一二　主君の代理として他家に使者として出むくのを役目とする武士。
一三　その時代の常識を身につけ、時世にふさわしい風俗をそなえた

を衍丈《ゆきたけ》[一九]合わずに着て、大小[二〇]なども不揃《ふぞろ》いに見ゆる。

富森とお喜世相争ううちに、たがいに急《せ》き込んで話がトンチンカンになっている。助右衛門は、そわそわして、ただ中ノ島の方のみを注意するゆえ、ますます話がわからなくなる。

助右衛門　だから、だから、庭番[二一]の者へ、ちょっと話せばそれでよいのだ。

お喜世　いえそれは、あなた、何も御存じないからじゃ。

助右衛門　むずかしゅういうには及ばぬ。わたしの兄が……。

お喜世　いえ、そんな、それはあなた……。（おたがいに話に急《せ》き込み、先方を押さえようとする）

助右衛門　だから、ただ遠く、遠くから隙見《すきみ》[二二]するだけだ。姿は出さない。

お喜世　たかが女中どもが、一年中の憂さばらしに、東海道[二三]道中の真似をするだけで……。

助右衛門　ええ、女中どもを見たいのではない……。

お喜世　大体あなたは、奥向き[二四]づとめというものを御存じないからじゃ。

助右衛門　（たがいに声を涸《か》らしてせり合ったあげく、とうとう癇癪《かんしゃく》を起こ

見事な男。
一四　交代で勤務すること。江戸時代、交代で江戸藩邸に勤める地方武士があった。助右衛門は江戸詰め専門であったが、わざとそうでない姿をつくろったのである。
一五　あちこち。
一六　男子のまげの先端。
一七　大きな基盤の目のような模様の、織物の縞（しま）。
一八　袖口の小さい、正面の領（えり）の左側と右側とをたらして交叉させて着る着物。
一九　着物の幅と高さ。
二〇　江戸時代、武士が定まった形として二本差した大刀と小刀。
二一　庭の番人。
二二　物のすき間からのぞいて見ること。
二三　江戸日本橋から京都までの街道をたびすること。
二四　高貴の家の、中心部での仕事。

して）ええ、頼まぬわ！（足踏み二ツ三ツ）御恩知らずの、腰抜け女め！

お喜世（これも[一]きッとして）ええ何とおっしゃる。

助右衛門　この頃《ごろ》の出世に奢《おご》りたかぶり、[二]旧御恩など忘れたのであろう。ええ恩知らずめ。犬に劣った[三]義理知らずめ！

お喜世　これは怪《け》しかりませぬ。聞きどころじゃ。恩知らずの腰抜けのと、そのままには聞き逃されぬ。

助右衛門　だから、だから頼む。[四]こなたから、ただ[五]一口添えてくれれば、お庭番の方へは、ちゃんと酒を買っておいたから、[六]諸事もう[七]合《が》点《てん》しているのだ。

お喜世（娘らしく泣きながら）犬に劣った畜生とは、いかに何でも言葉がすぎる。こなたこそ何じゃ。[八]大事の御前《ごぜん》さまが今、今日明日《きょうあす》という御大病で、みな手に汗にぎって心配しているなかに、何が何で、女どもの踊り姿などを見なければならないのだ。それでも武士か、侍か。恩知らずとはこなたのことじゃ。

助右衛門　あやまる、あやまる。さきの[九]いい過ぐしはあやまる。その御大病につけても、まさかの時のためにぜひ一度は……（中ノ島の方ばかり心配

一　相手の言葉や態度に怒り、きびしくなるさま。
二　以前に人から受けた御恩。この場合は浅野家で主君から頂いた恩を言う。
三　人と人との間で、当然しなければならない人の道を忘れ、おこたるもの。
四　相手をやや丁寧に言う言い方。
五　一言（ひとこと）。短い頼みの言葉。
六　ある目的がなるための、すべての条件。
七　人が納得して、事がうまく行く。
八　大切な奥方様。主君浅野内匠頭の未亡人のこと。
九　相手が傷つき、無礼にわたるまでの、程度をこえた言葉。

しながら）ぜひに一度は、隙見をしておかねばならぬのだ。頼む、こなたからお庭番に声かけてくれ。

お喜世（ただ泣きじゃくりながら）たかが女が、白粉《おしろい》を塗りつけて、髭《ひげ》を描《か》いたり眉《まゆ》を描いたりして、とち狂っているだけのことじゃ。立派なお前が、昔は二百石もいただいた身で、それをお生垣《いけがき》のあいだから覗《のぞ》いて見て、何がおもしろいのじゃ。それでも故主《こしゅ》の御恩を忘れぬというのか。義理を知っていると申されるか。

助右衛門（お喜世の声高《こわだか》になるをハラハラ心配しながら）ええ、お前には何もわからぬのだ。今日《きょう》のこの折を逃がしては、二度とこういう機会がないのだ。

お喜世（長文《ながぶみ》を掌《て》にたたきながら突き出し）こ、こ、この文《ふみ》を御覧なされ。御前さまの御大病は、公儀の御典薬さえも見離されて、今日《きょう》にも明日《あす》にも知れぬお命というではないか。それに、女中だちの浜あそびを覗いて見たいなどとは……。

助右衛門（遠くに人影を見つけ、びっくりしながら）そ、そ、そなたは、何も知らぬのだ。とにかく、お庭番まで声かけてくれれば、それでよい。万事の手筈《てはず》は、こちがしておく。きっと、きっと頼んだぞ。もしこの頼み

一〇　ふざけている。
一一　相手を呼ぶ語。この時代には目上の人に言う言葉であったが、今日では同等、または目下を呼ぶものになっている。
一二　なくなった主君。浅野内匠頭のこと。
一三　長い手紙。
一四　高貴の家で、おもてだって医薬をつかさどる者。
一五　目下の相手をやや丁寧に呼ぶ語。

を承知せねば、お喜世どの、助右衛門一生の恨み、そち[一]の命もその分[二]には
捨ておきませぬぞ！
お喜世　（びっくりして）ええ？　（助右衛門の顔を見る）
助右衛門　一生をかけて頼む、ただ一ツの頼みじゃ。お喜世どの、助右衛門
一生の頼みだぞ。

助右衛門、威嚇的にお喜世をにらみつけ、中ノ島より来る人影におどろいて、コソコソと下手に入る。
この少し前より、当家の[三]御年寄上臈《おとしよりじょうろう》浦尾《うらお》、部屋[四]つきの局《つぼね》野村をつれて、二人を見ながら出て来る。浦尾は五十七、八歳、頬骨《ほおぼね》高く、底意地悪そうに見ゆる老女[五]にて、[六]御前酒《ごぜんざけ》の御相伴《おしょうばん》に、幾分の酔いを帯びている。凛々《りり》しいかいどり[七]姿。野村、三十四、五歳。これも御殿[八]女中にありがちな意地悪そうな人相。俗に[九]椎茸髱《しいたけたぼ》という頭髪《あたま》。

浦尾　（はじめは物静かに歩み出て）そのお文、ちょと拝見しましょう。
お喜世　（はじめて浦尾を見て、びっくりする）…………。
浦尾　ええ、お出しなされ。その文をお出しなされ。

一　目下の相手を言う語。
二　その程度では。ここでは生かしたままではおかぬことを言う。
三　奥女中で最高位にある人。
四　局（つぼね）は自分の個室を与えられた高級女官の意。ここでは上司である浦尾の部屋にいる奥女中のこと。
五　武家につかえる侍女のかしら。
六　主君のそばで、主君より頂いたお酒。
七　着物の裾（すそ）をからげた姿。
八　宮廷、将軍家、大名などの奥女中。
九　左右の髪を張り出して、椎茸（しいたけ）のような形に作った、御殿女中の髪の形。

お喜世　（手に持てる長文を胸に抱くようにして）いえ、どうか、これだけは、どうか、お見のがし下さいまし……。（と尻ごみする）
浦尾　お見のがしとは、そさま、それでは何か、うしろ暗いことでもあるように見える。
お喜世　いえいえ、決してそのようなものではござりませぬが……、どうかこれだけは……。
浦尾　年寄のわしから訊《たず》ぬるのに、さえぎってお隠しなさるるか。
お喜世　はい、いえ、でも……。
浦尾　そしてただいまこれにて、立ち話していられたあの浪人体《てい》のお方は何《なん》人《びと》でござります。
お喜世　はい、あの……、決してお疑いなさるような者ではござりませぬ。
浦尾　疑おうと疑うまいとは、それはこっちのことじゃ。これ野村、まだお屋敷うちにいるであろう。表の者どもに申して、今の御浪人これへ召し連れて参れ。
野村　かしこまりました。（と走り出《い》でんとす）
お喜世　あれ、お待ち……お待ち下さいまし。申します、申し上げます。あの者はわたくしの兄助右衛門にござります。お手もとにある、親類書《しんるいがき》を御

一〇　そなたさまの略、あなた。
一一　江戸時代では女性が自分のことを「わし」と言い、歌舞伎の若い美女がしばしば使っている。
一二　玄関先などで用を勤める人達。
一三　江戸時代の武家屋敷で、使われる者の親類関係、氏名等を記したもの。

覧になればわかりまする。
浦尾　なるほど、御奉公願い[一]の書上《かきあげ》[二]に、助右衛門という兄のあることは存じておる。なれども、それは証文面《しようもんおもて》[三]のこと、まこと血筋の兄妹《きようだい》やらどうやら、それは知れたものではない。
お喜世　それはあんまりでござります。たとえ証文面にもせよ、その妹として、御奉公にあがっておりますからは……。
浦尾　ええ、理屈をおっしゃるのか。それほど潔白な間柄なら、何故《なにゆえ》おもてだって、立派に桜田の御上御殿《おかみ》[四]にはあがりませぬ。今日《きょう》のお浜あそびの、この混雑にとりまぎれて、人目を忍んで築山《つきやま》のかげに、立ち話などなさるのじゃ。
野村　ことさら、こなたはその文を見て、さめざめと泣いておいでなされたではないか。
お喜世　はい……。

この時、上手小ノ字島の土橋の方より、やはり奥女中にて御右筆《ごゆうひつ》[五]をつとむる江島《えじま》[六]来かかる。この江島はのちに正徳《しようとく》年間、生島新五郎《いくしましんごろう》とのことにて有名となりし女性だが、この頃はまだ二十二、三歳。快活なる

一　主家に住みこんでつかえることをお願いする意。
二　書いて目上の人に差し出す文書。
三　書類の上だけをつくろったので、事実とは違うことを言う。
四　正式の本邸。
五　武家屋敷で、文書を書くことを役目とした職名。
六　生島新五郎は美男の歌舞伎役者、江島は御殿女中の身で主命による用務の帰途生島の舞台を観劇、なおそのもてなしを受けて定められた刻限に屋敷にもどらず、ために刑を受けて遠国にお預けの身となった。

気性にて、才気あふるるばかり、人に対する同情も深きゆえ、上下《じょうげ》に愛せられて、御殿中《ごでんちゅう》にても評判の高い女であった。（[七]坊間《ぼうかん》流布の江島伝には、その年齢を生島事件の時に三十二、三にしているが、ここには[八]室鳩巣《むろきゅうそう》の説に従って、この時二十二、三歳としておく）

江島　お年寄、何事でござります。

浦尾　（江島を見て、にがアい顔）ええ、また[九]御察当《ごさっと》にお出でなされたか。こなた御贔屓《ごひいき》のお喜世に、少し問いたださねばならぬことがあって、取り調べております。

江島　なれども今日《きょう》は、みなうち寛《くつろ》いでのお浜あそびゆえ、――

浦尾　ええ、皆がうち寛いでいる日ゆえ、なおもって手前[一〇]、[一一]御《お》役儀を大事に致さねばなりませぬ。

江島　お中ノ島のお茶屋では、殿さまもお成り[一二]あそばしまして、ただいま御酒宴がはじまりました。

浦尾　おお諄《くど》！　（空うそぶく）

江島、その無礼なる態度にツンとして浦尾を尻目《しりめ》にかけしが、また何

七　世間で広く伝えられている。
八　江戸中期の儒学者、朱子学を学び、幕府の儒官となり、赤穂義士の熱心な賛美者として知られる。
九　人の行為を非難すること。
一〇　自分のことをへりくだって言う語。ここでは心からへりくだっているのではないが、そういう語を用いている。
一一　自分に与えられた職務。
一二　お出まし。

か思い返し、お喜世の方へ同情の視線を投げ、もと来《き》し方に走りかえる。

浦尾　(やがて席を進め) お喜世どの。

お喜世　はい。

浦尾　こなたなんぞ、思いちがいなどをしていなさらぬか。まだ日浅き御奉公にもかかわらず、人並ならず、殿さまの御寵愛あるを笠《かさ》に着て、われら役目の者まで、ないがしろにしめさるのではありませぬか。

お喜世　まア[一]滅相な……。(と[二]胸ふくらまして浦尾を見上げる)

浦尾　御奉公中は、必ずうしろぐらき事いたすまいと、[三]神文誓詞《しんもんせいし》、[四]血判の上にて、おそば近《ちこ》う仕うるそこもとが、たとえ[五]宿元《やどもと》なりとも、人にも見せられぬような文のやり取りなさるとは何事じゃ。

お喜世　はい……。

浦尾　その文これへお出しなされ。知らぬことなりゃともかくも、この目にかかった以上、その分には見すぐされませぬ。

お喜世　はい……。

浦尾　もし、[六]たって出されぬとあれば是非もない。[七]上着を剝《は》ぎ取り、[八]表役人

一　とんでもない。
二　怒りや悲しみで胸が一杯になるさま。喜びや希望の場合も使うが、ここではその逆。
三　神に誓ってする約束。
四　誓いにそむかないことを示すために、指の先から血を出して署名の下に押すこと。
五　奉公人などが宿としている所。
六　どうしても。
七　奥女中が晴れ着の下に着る衣(ころも)。
八　玄関などで客の応対その他をつかさどる武士。

に引きわたしましょうか。

お喜世　え、それは……。

野村　（横から口を出し）これはまた、こなたさまも情強《じょうごわ》[9]な、身[10]に[11]ひしのないことなりゃ、何故《なぜ》そのお文を、あなた[12]へお出しなされませぬ。

お喜世　はい。たとえお屋敷を払[13]われましても……、身の粗[14]相ゆえ致し方はござりませぬが、この文を人目に触れましては、[15]諸家《しょけ》諸方のお大名家にも差しさわりのございますることゆえ、どうかこのたびばかりは……。

浦尾　（きッと聞きとがめ）何、諸家諸方のお大名家にもかかわることとは——？　さては、御[16]政事《ごせいじ》向きにもかかわることでござるか。それなればなおもって、このままにはなりませぬ。野村、その文を……。

野村　かしこまりました。さ、お喜世どの、お出しなされ、その文、これへお出しなされ。（と、懐に抱きしお喜世の文を奪い取らんとす）

お喜世　あれ、どうか——これぱっかりは、どうか、お許し下さりませ。

野村　ええ、強情な、お出しなされませぬか。

お喜世　あれ、あれ、どうぞ——。

お喜世文を渡さじとして野村と争う時、さきの江島、土橋を渡りて急

九　頑固な。根性のきついことを言う。
一〇　自分自身。
一一　やましい所のない。
一二　あちら様の方へ。ここでは上役である浦尾の方への意。
一三　追い出される、今日で言う「くび」になること。
一四　あやまち。
一五　あちこちたくさんの家々。
一六　政治上のことがら。

ぎ足に走り来たる。

江島　浦尾どの、[一]御前様《ごぜんさま》の[二]お召しにござります。

浦尾　ええ、またしても――。こちらは[三]詮議《せんぎ》最中じゃ。見らるる通りを、申し上げられたがよい。

江島　それは、申し上げました。

浦尾　何――？

江島　御前さまに申し上げましたるところ、今日《きょう》は上下《うえした》なしの浜あそびに、[四]意地くね悪い人いじり――いえ、あの、それほどの[五]捌《さば》きは、御年寄をわずらわすまでもあるまい、詮議は江島が受け取って取り捌いたうえ、あとでその様子を御老女へ申し出《い》でればよい、急ぎ浦尾に殿さまの御相伴いたすようにと、御前さまより[六]きッとしたお言葉にござりました。

浦尾　（にがにがしげに）ええ、またしても、御前さまのお気に入りを笠に着て、余計な[七]差し繕《つくろ》いをめさるのか。ほんにほんに、こなたのような[八]才はじけ者は、いやなものじゃ。

江島　（わざとケロリとして）ほんにさようにござります。私のような才はじけ者が年齢《とし》をとりましたら、さだめて若い者の[九]目くじら拾いばかりいた

一　この家の主君綱豊のこと。
二　お呼び出し。目上の人が目下の人を自分のもとに呼びよせる意。
三　犯罪、過失、またはその疑いあることのとりしらべ。
四　心がゆがんでいて意地の悪い。
五　物事の善悪を明らかにして処置すること。
六　はっきりした、きびしい。
七　他人のことに口を出してかれこれその間違いを正そうとすること。ここでは浦尾の立場から見て江島の言動をこう見るのである。
八　小利口な者。
九　目くじらは目の角。些細なことに目角を立ててその欠点をさがし出すこと。

す、年寄婆《ばば》アになることでが[一〇]なござりましょう、ほゝほゝゝ。

浦尾　何——？

江島　（一段と声を張り上げ、頭を高く上げ）御前さま、お召しにござります。

老女浦尾、いまいましげに江島をにらみ、橋を渡りて野村とともに中ノ島の方に去る。

江島　（そのあとを見おくり、声をひそめ）お喜世さま、あなたまア、どうなされたのでござります。

お喜世　（とりすがりたいような心持ちにて）御恩に着ます。ほんに、ありがとうござりました。

江島　殿さまの御寵愛が並々ならぬあなただけに、御用心なされずばなりませぬ。御前さまはあのようなお気高い、お優しい御気性でも、あなたには一身に集まる朋輩《ほうばい》[一一]どもの嫉《ねた》みというものがござります。今日《きょう》のこの日に、人にかくれて立ち話などなさるとは、近頃[一二]はしたないことでござりました。

お喜世　はい——。（泣く）

一〇　物事がはっきり決められていない場合に、ややぼかすように言う時に用いる。まあ、そういうことになりましょう、ぐらいの意。
一一　仲間。特に同じ職場にいる人達を言う。
一二　たいそう。はなはだ。程度の強いことを言う。

江島　(周囲《あたり》を見てから) それにしても、いずれは御詮議の種にもなるそのお文、今のうちにそれをちょっと、江島にお見せ下されませぬか。

お喜世　いえ、こればっかりは——。

江島　(側《そば》に寄り、背をたたき) お喜世さま、江島でござります。決してあなたのため、悪いようには致しませぬ。

お喜世　はい——。

江島　あなた様が、当屋敷に御奉公に出られましたその日から、[一]産土神《うぶすな》さまが同じいやら、不思議にお仲よしに願った江島でござります。決して[二]悪《あ》しかれとは計りませぬ。

お喜世　はい。

江島　あの、意地くね悪い浦尾のことゆえ、[三]どうでこのままにはすみませぬ。もし[四]まっこと、人に見られて悪いようなものなら、今のうち何とか——、取り繕うておかねばなりませぬ。さ、お出しなされませ。もし表立ちて、殿さまのお耳などに入り、あらぬお疑いなど受けましては、それこそ、お身の上にとんだことになりまする。

お喜世　身の[五]粗忽《そこつ》より、お叱り受けます段は[六]是非なけれど、もし殿さまより、そでないお疑いなど受けるようなことがありましては——お喜世、生きて

一　守り神。本来は土地の守り神であるが、ここでは人それぞれについている守り神の意に用いている。それが同じというのは、昔の人の心に従って、気が合って、親しくなる様をたとえたもの。
二　相手が困るようにはしないの意。
三　どうせ。どうあがいても。
四　本当に。
五　軽はずみな行為。
六　止むを得ないけれど。

この世にはいられませぬ。（と泣き、決心して、かくせる文を江島の前に出《い》だしつつ）これは、さるお屋敷がたに勤める、御老女方よりのお文で、わたくし御当家へ御奉公に上がりまするにつき、――その御老女さまを仮[七]親と頼んで、御奉公に参ったのでござります。

江島（一応、読み終わって）おお、なるほどこれは、人に見せられぬ大事のお文じゃ。そしてこの、御大病の御後室[八]さまとおっしゃるのは、どちら、どなた様のことでござります。

お喜世　はい、わたくしの口より申し上げにくうござりますが――、去年三月御殿[九]中にて御刃傷《ごにんじょう》[一〇]あり、御家《おいえ》[一一]断絶になりましたる――さるお大名家の御前さまにござります。

江島（おどろき、すり寄り）ええ、さては浅野内匠頭《たくみのかみ》[一二]さまの、御後室さまにござりまするか。

お喜世　何をおかくし申しましょう。もとわたくしは、鉄砲洲《てっぽうず》[一三]浅野さまのお屋敷に、軽い[一四]御奉公いたしました者にござりまするが、奥方御前様[一五]がお目かけさせ下されまして、後にはお膝元《ひざもと》[一六]の御用をも勤めた者でござります。

江島　浅野家奥方さまには、御大変後[一七]、お頭髪《ぐし》をお下ろしになり、瑤泉院《ようぜんいん》さまとやら申して、お里もと[一八]浅野式部さまの南部坂[一九]お下屋敷においでなさる

七　就職の際、実の親がいない場合、他人の誰かを形式上の親とすること。
八　身分の高い家で、主人が死んだ後の未亡人。
九　江戸城の屋敷内。
一〇　刃物で人を傷つけること。浅野内匠頭が吉良上野介に斬りつけたことを指す。
一一　家がとりつぶされ、家名がたえること。
一二　赤穂藩主。元禄十四年（一七〇一年）三月十四日、吉良上野介に刃傷し、幕命によって切腹したのは三十五歳であった。
一三　今日の東京都中央区にあり、浅野家の江戸における別邸。
一四　地位の低い屋敷勤め。
一五　浅野内匠頭の夫人阿久里（あぐり）を指す。
一六　身分ある人の、身の回りの世話。
一七　浅野内匠頭の吉良上野介への刃傷、及び引き続いての切腹を言う。
一八　御実家。生まれ育った家。
一九　今日の東京都港区赤坂にあり、内匠頭夫人の実家、浅野土佐守の江戸別邸。

ると聞きましたが――？

お喜世　はい。鉄砲洲お屋敷を引きはらい、その南部坂のお下屋敷へ御逼塞《ごひっそく》[一]の折から、にわかのお人減らし[二]にお暇が出まして、わたくしは宿元[三]へさがりましたのでございります。

江島　して、このお文の御様子では、どうやら御《ご》[四]大病にて御大切のようにも思われまするが――？

お喜世　悲しや殿さまには御切腹、御家《おいえ》五万三千石は御没落――。それに続いてなにやかやと、御前さまのお心づかい……その御苦労が積もり積もって、御前さまには、去年の秋頃より、ドッと病の床におつき遊ばし――昨今のところでは、明日をも知れぬ御大病と――、よそながら承っておりまます。

江島　そしてこのお文のうちに、御家の御再興とか、また[五]木挽町《こびきちょう》さまとかござりまするが……、こりゃどなたさまでござります。

お喜世　はい。ただいまお年寄のお取り[六]ただしにも、その文句がござりますゆえ、この文をお目にかけかねたのでござります。その木挽町さまと申しまするのは、殿さま内匠頭さまの御舎弟、[七]浅野大学頭《だいがくのかみ》さまのことでござります。

一　落ちぶれてかくれるように世間の表から引っこむこと。
二　使用人の数をへらすこと。
三　自分のすまい。
四　病気が重くて生死の程も心配されるような状態。
五　内匠頭の弟、浅野大学のこと。江戸時代、その住居の土地の名によってその人を呼ぶ習慣があった。木挽町は今の東京都中央区銀座南東部で、歌舞伎座があるあたり。
六　きびしく調べること。
七　浅野内匠頭の弟。兄の切腹と共に幕府より閉門申しつけられ、その後広島の浅野本家、松平安芸守方にお預けの身となった。

江島　（じッと、おごそかにお喜世を見つめつつ）ふうむ……。

お喜世　鉄砲洲お屋敷退転後、浅野家浪人のうちには、近頃寄り寄りに集まりまして、その御舎弟大学様[八]をもって浅野の御家再興と、御《お》役人[九]さまの間を駆けまわりしている者があるそうにござります。

江島　（少し声を変え）お待ちなされ、それではこの御老女は、あなたが、近ごろ殿さまより御寵愛深きを知りて、お寝物語[一〇]にでも、その大学頭さま御再興のことを、殿さまへ御内願[一一]申し上げるようにと、この文を遣わされたのでござりまするか。

お喜世　その御老女さまと申すは、瑤泉院さまがまだ鉄砲洲へお輿《こし》入れ[一二]あそばす前から、手塩にかけてお育て申した御前さまのことゆえ、このたびの御大病も、もし浅野家御再興のことなどお聞かせ申したら、そのお喜びにお心[一三]もひらき、さしもの御大病もあるいはお凌《しの》[一四]ぎなさるるかと、そこが世にいう乳人《めのと》[一五]の一心――、この頃《ごろ》[一六]じゅうよりわたくしへ、たびたびの使いにて、やれ殿さまへお願いしたか、それ、お上《かみ》[一七]へお訴訟[一八]申したかと……、矢を射るような催促なのでござります。

江島　お喜世さま、申すまでもないことながら、あなたは重い御奉公にござりまするぞ。たとえいかよう殿さまの御秘蔵うけても、御政事向きの御内

八　自分の弟のことを言い、また他人の弟を呼ぶにも使う。弟をやや儀礼的に言った語。
九　ここでは幕府上格の重要な職にある人を言う。
一〇　男女が枕を共にして寝る際の語り合い。
一一　ひそかに他に知られぬようにお願いすること。
一二　よめいり。輿（こし）は嫁の乗るのりもので、それを婿の家に入れることからこのように言う。
一三　気も晴れて。
一四　病気が治って普通の健康にもどること。
一五　うばの一筋な真心。乳人（めのと）は自分が生んだのではない主人筋の子をわが乳を飲ませて育てる女性。
一六　このあいだじゅう。
一七　ここでは幕府をさす。
一八　嘆願すること。

願などは――これは諸家さまともに御法度《ごはっと》[一]のところ、ことに御当家は……、ちと仔細あって、厳しきが上にも厳しき御法度。そのところは、きッとお慎みなされずばなりますまい。

お喜世　はい、おろかながら、それはよく、心得ておりまする。それゆえにこそ南部坂の御老女よりはたびたびの御催促ながら、御前《ごぜん》[二]ていへ出ましては、まだ浅野のアの字も口に出したことはござりませぬ。

江島　（少しく面色《おもて》[三]を正して）事あたらしゅう申すまでもありませぬが、御当家甲府さまは、御当代公方《くぼう》[四]さまにとっては、たったお一人の御《おん》伯父甥《おい》の御間柄――。それのみならず、実は、御先代清揚院《せいよういん》[五]さまは、五代の将軍さまにお直り[六]あそばされるはずのところ、御運拙《つた》のう御代《みよ》[七]を早くあそばしましたため、御舎弟左馬頭《さまのかみ》[八]綱吉さまを館林《たてばやし》[九]よりお迎えして、西の丸[一〇]にお入れ申し、徳川五代の天下さまと、仰がせられたもうことは、あなたにもよく御存じのことでござりましょう。

お喜世　はい。

江島　（立って、あとさき[一一]を見まわしたる末、声をひそめて）しかるに、その御当代公方さまには御老年に及び、御《お》世継ぎなきところから、去年頃より御老中《ごろうじゅう》[一二]様方の間には、御世継ぎの吟味[一三]もっぱらにて、お役人の間にも、

一　禁止のおきて。
二　主君の前。
三　心をきちんととのえるために顔を引きしめるさまを言う。
四　徳川将軍。
五　甲府家綱豊の父親の戒名。五代将軍綱吉の兄に当たる。
六　その人にふさわしい正しい地位につくこと。
七　主君の座にあることが短く早く死んだことを言う。
八　江戸時代、武士は正式名のほかに別の呼び名をつけ加えるのを常とした。たとえば大石内蔵助良雄というように。左馬頭は馬の調達、訓練をつかさどる幕府重要官庁の頭（かしら）。
九　今日の群馬県南東郡にある土地名。
一〇　江戸城本丸の西の部分で、将軍の世つぎが住むものとされていた。
一一　前後左右、周囲の様子、人のいるかいないかを見とどけること。
一二　江戸幕府で、将軍、大老につぐ政治上最重職の人達。
一三　あれかこれか、くわしく調べて、選ぶこと。

二派の御意見があるように承りました。[一四]桂昌院《けいしょういん》さまお付きの奥向きでは、先年おなくなりあそばした鶴[一五]姫さま御《おん》婿君の紀[一六]州さまを御本家へお迎え申し、西丸のお城へお入れ申そうと申し立つれば、また、御血統をおもんじる人々は、清揚院様のおつづきをもって、甲府さまがお直りなさるのが、御系図の上からも御順当と、申し切って動ぜぬそうにござります。御当家さまにも、それこれの噂《うわさ》をおききあそばさるにつけ、御心中ことのほか迷惑に思《おぼ》し召されまして……と、申す次第は、[一七]高《たこ》うは申されませぬが、[一八]当将軍さまはまことに[一九]嫌疑の深き御気質ゆえ、もし御世継ぎのことにて、殿さまにお疑いなど受けましては、御家にどのようなお祟《たた》りあるやも知れずと、奥向き一統は申すに及ばず、殿さま御自分さえ、御政事向きのお話はふっつりとお慎みあそばされまして、こなたさま御覧の通り、御学問と御遊楽とに、その日その日をまぎらして、[二〇]甲《か》斐《い》ない日をお送りになっておいでなさいまする。

お喜世　そのことは、御奉公のはじめにお申し渡しがござりまして、常に深く慎んでおります。

江島　（きッとして繰り返す）きッと、お心得でござりまするか。

お喜世　（手をつかえて）[二一]神文、よく心得ております。

一四　徳川五代将軍綱吉の生母。京都の八百屋の娘であったが、大奥に入り、三代将軍家光に愛された。
一五　将軍綱吉の娘。紀州藩主紀伊綱教（つなのり）の妻となる。
一六　紀州藩主。徳川御三家の一つで、将軍家と親類の大々名。ここでは綱教のこと。
一七　声高く言って人に聞かれては困るの意。
一八　当代将軍綱吉。
一九　人に対し、悪事、または悪いたくらみがあるのではないかという疑いの心。
二〇　はかない、むなしい。自分の行動や努力が世の中に効果をもって働かないことを言う。
二一　神様に誓って。わが言葉のまま心からのものであることを強調する場合に使う。

江島　さて、これまでは表向き——、（またあたりを見まわし、ガラリとくだけたる調子になり）お喜世さま、お喜びなされませ。この文の主《ぬし》の願い——、浅野家の再興は、やがて程のう、めでとう御首尾がととのいましょう。

お喜世　（びっくりして、顔を上げ）え、何とおっしゃります——？

江島　御右筆のわたくしの口から洩《も》れたと申しては、容易ならぬことながら……。よそならぬ貴女《あなた》ゆえ、そっとお耳打ちいたしておきましょうが、その浅野家御再興はあなたが御内願なされずとも、もうとうに御当家御前さまよりの根強いお願いがございまして、殿さまも、ほぼお聞きとどけになっていることと推《すい》し参らせております。現にただいま、中ノ島のお茶屋にて、人を遠ざけての御内談は、その浅野家御再興のことではなかろうかと……存じられます。

お喜世　ええ、御台《みだい》[一]さまが——？　でも、御台さまがどうして浅野の御家《おいえ》のために……？　（思わず、膝を進める）

江島　さ、その間《かん》の深いお経緯《いきさつ》などは、わたくし風情《ふぜい》の存じませぬことながら……なんでも、御台様お里元、近衛《このえ》[二]関白家においては、浅野家御再興のことさえととのえば、もと浅野家御城代家老[三]をつとめましたる大石[四]……

一　将軍、大名家などの妻、ここでは甲府侯綱豊の妻。

二　藤原氏を祖先とする、京都宮廷で最有力、最高貴とされた家で、代々関白や天皇の摂政にもなり、住んでいた地名によって近衛氏と称し、当時関白であったのでこう言う。

三　江戸時代の大名には江戸家老と国家老があり、後者が重いとされ、領地にあり続けて城を守るのでこの名がある。

四　浅野家の家臣で、三代にわたって国家老を勤めた。内蔵助は十九歳で国家老となり、昼行灯（あんどん）のあだ名があったが、深謀遠慮の人と伝えられている。

内蔵助《くらのすけ》とやら申すお方を、近衛家へお召し抱えになりたいのだそうで、その大石内蔵助へは、近衛御家《おんけ》よりは再三再四[五]山科《やましな》に浪人中の内蔵助にたびたび[六]御沙汰《ごさた》がござりますが、内蔵助よりはまた、もったいない仰せごとながら、浅野家の[七]御先途を見とどけぬうちは、たとえ故主なりとも、[八]自ままに近衛家への御奉公は致しかねますると、[九]しきって御辞退いたしましたゆえ、[一〇]関白殿下におかせられても、ぜひとも内蔵助を御家来に呼びもどしたい御一心から、たびたび御姫《おんひめ》当家御前さまに、京より御[一一]消息を下されまして、浅野家再興のことを将軍家へお取りなし下さるよう、殿さまへ内願をあそばさるようにと、御催促あそばされていられますように……手前どもはお見受け申しました。

お喜世　まア、さような次第でござりまするか、はじめて承りました。それにてホッと安心つかまつりました。御政事向きのことは、一切口にすまいと存じながらも、南部坂のお下屋敷に、[一二]今日《きょう》を明日《あす》との頼みなく、御大病に打ち伏したもう瑤泉院さまのお心のうちを思えば、たとえこの身は重きお叱り受けても、一度は……思いあまって殿さまへ、大学頭さま御再興のお願いも致そうかと、実は思いみだれておりましたが、今の御台さまの、おいり[一三]訳を承り、有難いやら、もったいないやら、これでわたくし大恩あ

五　今の京都市東部にある地名で、大石は赤穂城明けわたし以後、吉良家討ち入りのために江戸下りするまでこの地に住み、伏見撞木町の遊里に通い、一党のとりまとめにも苦心した。
六　上部の人よりの判断、処置。ここではわが家に仕官せよとのさそい。
七　どうなるか、落ちつく先の身の上。
八　気ままに。自分勝手に。
九　しばしばくり返して。
一〇　当代近衛家当主。関白は平安時代以来、天皇を補佐する政務上の重職。殿下は皇太子、皇太子妃等、天皇以外の最高貴の人の敬称だが、後には関白や将軍をもこう呼ぶようになった。
一一　手紙、便り。
一二　今日よくなるか、明日よくなるかと、懸命に頼みとする様。
一三　いりくんだ、こまかな事情。

る故主への、恩返しの万一になりまする。江島さま、なおこの上とも、よろしゅうお力添え……お願い申し上げます。

この時、松の茶屋（下手）の方にあたり、今日《きょう》の芸くらべ「道中ごと」[一]の始まる用意と見えて、かすかに笛太鼓の音きこゆる。

江島　御台さまのお名をお出しあそばしては、わたくしまでが迷惑いたしますけれど、さし重《おも》った[二]南部坂の御病人さまに、片時《かたとき》も早うこのお喜びの御様子を、ちゃと一筆、お文[三]なされてはいかがにござりまする。幸い、お使いの人[四]がまだ居やる御様子ゆえ、一刻も早う御病人さまをおよろこばせ申した方が、およろしゅうござりましょう。

お喜世　何から何まで……この御恩は、決して忘れませぬ。しかし、あのお使いの者などは……まことに見さげはてたるたわけ者[五]ゆえ……いずれお文はこちらから使いの者に持たせて遣わしましょう。（苦笑いする）

江島　え、何、たわけ者――？

お喜世　実は、今日《きょう》のあのお使いの者は、さきほど申しあげたその御老女のためには一人の倅《せがれ》、わたくしのためには表向きの兄分にもあたる者で、富

一　東海道の旅をする、様々な旅人、宿場の女性等のなりをつくり、真似して遊ぶたわむれごと。
二　ひどく病気が重くなった。「さし」は強めの接頭語。
三　報告のお手紙。
四　富森助右衛門のこと。
五　おろか者。

森助右衛門と申しまするが……、箸《はし》にも棒にもかからぬほどの大たわけ者で、あきれはてたる……大馬鹿者とやら申すのでござりましょう。
江島　え、なんぞあったのでござりますか。
お喜世　江島さま、まアお聞き下されませ。今日《きょう》わざわざ当御《お》浜屋敷まで押しかけて参ってわたくしへの頼みと申しますのは、今日はお屋敷お女中がたのお浜あそびとやらで、いろいろの芸事などもあり、まことに面白いことと聞いているが、ぜひそれをお隙見いたしたい、どうかそなたの口からお庭番の者へ、一言口添えをしてくれと申すのでござります。
江島　（彼女の性格より、何の気もつかず、事を軽々と考えて）いや、それはいと易いこと。見たいというお方があるなら、誰《た》ぞ台所役人[六]に申しつけて、お見せ申したがよろしゅうござります。
お喜世　でも、あなた[七]、妻子もある、立派な侍たる者が、ことさら御主人さま御病気御大切の場合に――。
江島　甲府さまのお浜あそびといえば、近頃は市中でも大評判とききましたゆえ、若いお方の覗いてみたいというも無理はない。こちらもまた、表向きは男禁制など申しますが、内々《ないない》はみな人に見られたい最中の連中ゆえ、実のところはお隙見のものの多い者ほど、鼻がたかいのでございます。下[八]

六　将軍家、大名家などで、食事作りの場所の番人。
七　江戸時代、目上または同輩の相手に対する敬語。今日ではやや感じが違っている。
八　大名家別邸の番人。

屋敷番の者に、おひねり[一]の一つも遣わされてごろうじませ、ちゃんと心得ていて、よい桟敷[二]を取ってくれましょう、ほゝほゝゝ。

お喜世　でもわたくしの口から、そのようなわがままが——。

江島　いえ、みな見られたいのでござります。わたくしなども、まだ又者《またもの》[三]でいる間は、顔を作って伝九郎[四]の六方事《ろっぽうごと》[五]や、中村[六]のやつし事[七]などもいたしましたが、ありようは、朋輩どもなどに見せるより、市中からそのお隙見に来る連中が目当てでござりました。

お喜世　（江島を見て）まア、あなた様が……、ほゝほゝゝ。

江島　御《お》役付き[八]に召し上《のぼ》せ[九]られて、今はそれもなりませぬが、もしお許しが出るものなら、今日《きょう》あたりは踊りたくて踊りたくて、からだ中がムズムズ致しておるのでござります。

お喜世　ほゝほゝゝ。

江島　はゝはゝゝ。

「道中ごと」の用意できたりと見え、松のお茶屋の方にて、お囃子《はやし》の音急におこる。

一　自分の便宜をはかってもらうためにわたす、紙に包んでひねった小銭。

二　劇場などで、左右両わきに一段高く作られた特別上等の席。ここでは浜あそびを外からのぞき見するのに見好いいい場所。

三　主人の家来のそのまた家来。本来大名を将軍の家臣とし、その家来を将軍に対してこう呼んだが、ここではやや低い使用人を言う。

四　中村伝九郎。豪快な演技を得意とした歌舞伎役者。

五　歌舞伎役者が花道を誇張した姿で揚幕の方へ入って行く仕草。

六　歌舞伎劇場中村座のこと。

七　歌舞伎で、身分ある家や金持ちの息子が事情あって落ちぶれ、いやしい姿でする仕草。

八　大切な役目を持つ高い地位。

九　主人から能力なり人柄なりを見込まれて上位に引きあげられること。

江島　あれ、もう、ボツボツ今日《きょう》の「道中ごと」がはじまるらしい。お年寄浦尾の方は、いかようにもわたくしが繕っておきますから、御心配なされぬがよろしゅうございます。
お喜世　ほんに、何から何までありがとうございます。
江島　なんのあなた、御奉公は相身互いでござります。

江島とお喜世、立ちあがる時、一〇黄《き》柄茶《がらちゃ》の小袖、一一茜木綿《あかねもめん》の一二裾回し、一三脚絆《きゃはん》に草鞋《わらじ》がけ、一四菅笠《すげがさ》をかぶりてお一五伊勢まいりに扮《ふん》したる一六お局方の一七小僧《おいぬ》某（八、九歳）出で来たりて、二人の前に長き柄杓《ひしゃく》を差し出す。

伊勢詣《まいり》　抜けまいりでござります。どうか一八一文《いちもん》、つかわされませ。
江島　おゝおゝ、これはできましたできました。そちはたしか、楓《かえで》さんの小《お》僧《ぬ》さんであったの。
伊勢詣　一九遠国者《おんごくもの》でござります。どうか二〇報謝をつかわされませ。
江島　（用意の紙包《ひねり》を与えながら）さ、お喜世さま、それではまず、楽屋の方から、景気を見てまいりましょう。

一〇　染色の名。うすい藍色をおびた黄色。
一一　茜は山野に自生する植物で、その根は染色に用いる。やや沈んだ赤色に染めた木綿。
一二　裾（すそ）の裏に布地をつけた着物。
一三　歩き易くするために脛（すね）にかぶせる布。
一四　スゲの葉で編んだ笠。旅によく用いた。
一五　伊勢神宮に参拝すること。またそのための旅を言う。
一六　貴人の家につかえる女性に与えられた隔ての部屋にいて使われる人を言う。
一七　奥向きの雑用をする少女。
一八　ほんのわずかな金。
一九　遠くはなれた国から旅して来た者。
二〇　仏教の修行僧や巡礼などに布施として与える金品。

二人は立ち上がって、はき物をはき、下手の方に来かかる時、突然声あって、松の茶屋の方より駆け来たる一人の者がある。素肌の上に[一]緋《ひ》縮緬《ちりめん》の褌《まわし》、[二]晒《さらし》の腹帯《はらおび》、[三]雲竜《うんりゅう》の法被《はっぴ》を伊達《だて》に羽織り、[四]御用箱をかついで、紀州家の[五]七里飛脚《しちりびきゃく》に扮したる者にて、これも同じくお局に勤むるお多《た》門《もん》の某《なにがし》とて、[六]骨組自慢の大女であった。

飛脚　えッさッさ、[七]ささまめこう。えッさッさ、ささまめこう。

江島　（あぶなく飛脚につきあたらんとして、よける）おお危ない。お喜世さま、今日《きょう》はみなこの通り、夢中でござります、ほゝほゝゝ。

飛脚　えッさッさ、ささまめこう。えッさッさ、ささまめこう。（伊勢詣りにつきあたり）おッとあぶねえ、何をマゴマゴしやアがる。

伊勢詣り、つき倒されて、大声にワッと泣き出す。

飛脚　ええ、人につきあたっておいて、何を吠《ほ》えくさるのだ。この東海道の道中はな、七分までは紀州さまお[八]七里さまのお通り道ときまっているのだ。

伊勢詣　でもお前、やみくもに人をつきとばして……。

一　濃く、ぱっと目のさめるような赤色のちりめん。
二　さらして白くした木綿のはらまき。
三　雲の中の竜を描いた、裾の短い上着。下級武士や仲間（ちゅうげん）がよく着た。
四　役所の書類や品物を入れておく箱。
五　江戸時代、紀州家、尾州家などは徳川氏御三家として、江戸からの急用を領国に速く伝えるため、東海道筋の七里毎に継宿（つぎやど）を設け、そこに飛脚のための仲間（ちゅうげん）をおいた。
六　骨格（こっかく）。
七　十日戎（えびす）の小宝を結びつけた笹（ささ）をかたげてはやく歩く時の文句。十日戎は海上漁業の神、商売繁昌の神とされる戎（えびす）神を正月十日にお祭りして願い事を立てる地方の行事。
八　七里飛脚が自分のことを自慢げに言っている。事実において普通の飛脚より重んじられたと思われる。

飛脚　ええ、小便たれめ！　ゴタゴタぬかすと、横ッ面をかッくらわすぞ。
えッさッさ、ささまめこう。（また中ノ島の方に走り去る）

江島　（さっきから見物人になり、手をたたいていたが）おお、大出来大出来、まるでほんまのようじゃ。（伊勢詣りを見て）おや、ほんまといえば、こなたほんまに泣いていなさるではないか。さては今のは、狂[九]言事ではなかったのか。

伊勢詣　（肘《ひじ》をこすりながら）ここをこんなにすりむいて、痛い……。（と泣く）

江島　（側《そば》に寄って）なるほどこりゃ、お飛脚さんも、ちと芸当に身が入りすぎたと見える、ほゝほゝゝ。どれどれ、そう泣いてはせっかくのお化粧が剥げます。どれ、わたしが直してあげましょう。

この時また下手に、にぎやかなる[一〇]駅路《えきろ》の音《ね》きこえて、[一一]宿入《しゅくい》りの[一二]小室節《こむろぶし》きこゆる。

〽さても見事な[一三]おつづら馬や、[一四]七ツ布団に[一五]曲彔《きょくろく》すえて、蒲団《ふとん》ばりしてナ、[一六]小姓衆を乗せて[一七]海道百里を[一八]はなでやる。

この時、甲府侯徳川綱豊（のち六代将軍家宣《いえのぶ》）、あとにつき来たる年

九　現実の出来ごとではなく、わざと芝居のようにやったこと。
一〇　街道の馬につける鈴。
一一　宿所や宿駅に入って来ること。
一二　江戸時代にはやった民謡で、馬子唄の一種。
一三　馬の背の両側につづらかごをつけ、そこに人を乗せた馬。つづらは野生の蔓（つる）類。おつづら馬と丁寧に言うのは大々名に対する敬意のしるしであろう。
一四　街道を行く馬などに七枚重ねて敷く布団。ぜいたくな様を示す。
一五　背もたれと肘掛（ひじかけ）とを丸く作った椅子で、社会上層部にのみ用いられた。
一六　主君のそば近くで雑用を勤めた武士で、通常若い人が当たり、美貌の人が多かった。
一七　東海道の遠い長い道筋。
一八　馬の鼻息一つでかけぬける意で、つづら馬の美しく、発剌たる姿をたたえ、時代の気風と庶民のあこがれの表れであろう。

寄浦尾を叱りながら、フラフラと小ノ字島の方より出で来たる。中臈《ちゅうろう》お古宇《こう》（二十一、二歳）、その後に従って、うやうやしく御佩刀《おはかせ》[一]を持つ。綱豊、この時年齢四十一歳なれど、うち見には[二]三十三、四歳なるがよし。中ノ島のお茶屋にて、御台所を対手《あいて》に酒をすぐし、足もとも危ぶう、ホロ酔い機嫌である。服装はきわめてうち寛《くつろ》ぎたる姿。

綱豊　ええ、ちょっとそこらを……風に吹かれて来るのだ。決して躱《かわ》[三]すのではない。奥方へはそちからよろしゅう申し上げてくりゃ。

浦尾　ええでも、御前様がせっかくのお願い事でござりますから——。

綱豊　ええ、やかましゅういうな。酒は飲んでも内証[四]は酔わぬ。浅野のことなら心得ておる、心得ておる。（と、フラフラと土橋の方に歩む）

浦尾　それでは、お立ち戻りをお待ち申し上げまする。

綱豊　浦尾、そちから表[五]に申して、白石《はくせき》[六]先生にすぐさま下屋敷まで出向いて下さるよう、申しつけてくりゃれ。

浦尾　白石先生と仰せなさいますると……?

綱豊　新井《あらい》勘解由《かげゆ》じゃ、躬《み》[七]の師匠だ。当時[八]日本一の大学者じゃ。

浦尾　かしこまりました。（一礼して中ノ島の方へ去る）

一　身分の高い武士が腰につける刀。
二　ちょっと見には。ざっと見たところでは。
三　さける。
四　心の実態。ここでは気持ちがしっかりしていることを言っている。
五　表役人のこと。
六　新井白石。学者として名高く、綱豊の学問の師であったが、後綱豊が六代将軍家宣となるに及んで、その政治的コンビとなった。
七　自分自身。
八　今の時代、即ちここでは元禄時代頃のこと。現代のこの語の使い方とは違っている。

伊勢詣　（ツカツカと綱豊の前に行き、柄杓を差し出し）お伊勢さまの抜け参り[九]でございます。（哀れっぽく節をつけ、身ぶりまで加えて）どうか一文の御報謝……。

綱豊　おお、世にいう抜け参りとは、このようなものか、はゝはゝ。

伊勢詣　御代参[一〇]もいたします。（また節をつけ）どうか一文の御報謝……。

綱豊　ああ、銭《ぜに》か。せっかくじゃがわしはまだ銭というものを、持ってみたことがない。申しかねるが誰《た》ぞ余人[一一]にねだってくりゃれ。はゝはゝ。中ノ島のお茶屋でもお待ちかね、早う行け。

伊勢詣　ええ、一文も持たぬ旅の衆か。よくそれで道中[一二]がなるものじゃ。

綱豊　や、これは、一言もないわ、はゝはゝ。

伊勢詣りは中ノ島の方に去る。御台所付《みだいどころつき》用人[一三]諸井左太夫《もろいさだゆう》、中ノ島の方より出で来たり、綱豊に用ありげに、そこにかしこまる。左太夫、六十歳ほど、御台所が近衛家より御輿入《おこしい》れの時、付人《つきびと》[一四]の一人として下《くだ》りたる人。篤実そうなる老人にて、継上下《つぎがみしも》[一五]を着用す。

諸井　（頭を下げながら）恐れながら……。

九　江戸時代、主人または父母の許しを得ずに家を出て伊勢神宮に参拝すること。伊勢神宮への一般の崇拝から、本来道に反したやり方ながら帰っても罰せられず、大いに流行した。

一〇　他人の代理として神社や仏寺にお参りすること。

一一　自分以外のほかの人、他の人。

一二　旅。旅行。

一三　江戸時代、大名、旗本の家中で、家老につぐ重職の人で、武士でありつつ、武芸よりも事務的な仕事を専らにした。

一四　そばにつきそって世話する人。

一五　江戸時代の武士の平服。上は肩衣（かたぎぬ）、即ち小袖の上着の上にかける袖なしの着衣で、下は短い袴（はかま）。上と下の色や質が異なるのを常とした。

綱豊　(振り返って) 左太夫か。夫婦仲のことじゃ、たとえ御付人《おつきびと》にもせよ、余計な口は出さぬがいいぞ。

諸井　はい。しかし、御台さまの御心痛も……。

綱豊　浅野のことなら心得とる。忘れているのではないと申し上げてくれ。

諸井　殿さま。(少しくきッとして見上げる)

綱豊　(むッとしつつ) 何じゃ。

諸井　京都お里元の思《おぼ》し召しは、決して軽いことではございませぬ。関白殿下におかせられましては、一足を爪立《つまだ》つるようなお思いにて、こちら様よりの御返報を、お待ちあそばさるのでござります。

綱豊　わかっておる、わかっておる。

諸井　関白殿下の思し召しは、浅野家再興もさることながら、実は大石内蔵助のことにつき、二御肝煎《おんきもい》らせらるることと存じられます。実は、大石内蔵助ことは、世間ではあまり知らぬことながら、三大祖父《おおおじい》内蔵助の代までは近衛家の御譜代四同様の者にござります。ぜひとも、関白家において、内蔵助をお召しもどしになりたいというは、殿下におかせられては深き御思案のあることにて、かりそめのお思いつきとは存じられませぬ。

綱豊　わかっておる、わかっておる。うるそういうな。

一　いい事がやって来るのを今か今かと心せわしく待ち望むさま。
二　人を世話するのにあせって気をもむこと。
三　曾祖父、祖父の父。
四　代々その主家につかえる家臣。

諸井　お言葉を返しますようなれど、それでは将軍家へ、浅野家再興御内願の儀[五]だけは、御承諾下されましたのにござりまするか。

綱豊　その返事は、追って、御台所まで致そう。今日《きょう》の日じゃ、むずかしゅういうな。

諸井　はい、しかしそれでは、京都近衛御家に対し、てまえどもまで何となく、不念《ぶねん》[六]に相成りますれば……。

綱豊　ええ、くどいわ。躬とても少し、考えがあるのじゃ。

諸井　は。

綱豊　この通りを、奥方へ申し上げるがいい。

諸井　かしこまりました。

諸井、仕方なしに、嘆息して去る。

綱豊　（ヒョロヒョロ歩きながら、さっきよりそこにかしこまる江島とお喜世を見て）あ、これまた、今日《きょう》はかしこまるのはおいてくれ。せっかく今日一日のなぐさみに、気が詰まってならぬ。それではしっゝゝかい[七]、湯を沸かして水に入《い》るようなものじゃ、はゝはゝゝ。（とヒョロつきながら塩浜の

五　ことがら。
六　行きとどかないこと。
七　まるで。

方へ来たる)

綱豊　おッと、大丈夫大丈夫。(やっと[一]汀《みぎわ》のところで踏みこらえて)今まで中ノ島で、[二]御同年様《おないどしさま》のお相伴をして、窮屈にしていたせいかして、急に酔いが発したようだ、はゝはゝゝ。

江島　(中ノ島の茶屋の方をはばかりて)あれ、殿さま、お声が……。

綱豊　何、きこえたところで大事ない。少しそのようなことで、おやきもちでも焼いて下されればいいのだが、なにごとにもお慎みぶかく、諸事[三]高道《こうとう》すぎるので、こちらはトンと張りあいがない。あゝあ、とかく御同年様《おないどしさま》は、苦手じゃ苦手じゃ。(と、橋を渡りて、お喜世の方に来たり)喜世、そちだけはいつまでも、町娘などのよう、浮き浮きとしていてたもれよ。(と、はばかる喜世の手をとって、そこの床几《しょうぎ》へ腰かけ)大名というものは、[四]雪隠《かわや》に入るさえ作法があって、思うままに手足を伸ばし、大あくびさえならぬものじゃ。[五]誰やらの浄瑠璃に、[六]大名に生まるる種の一粒が……とやらなんとやらいうておるが、いやなこと、いやなこと、孫子の代まで、大名稼業などさせるものではおりないわい。

江島、さきほどより、綱豊の言語の次第に時世の述懐に渡らんとする

一　水ぎわ。ここでは海潮(しお)入りの大池のふち。
二　綱豊の奥方のこと。夫婦同年ゆえこう言う。
三　上品。
四　便所。
五　誰かが作者である浄瑠璃。実はこれは近松門左衛門のことだが、綱豊は酔っているのでこういう言い方をする。
六　近松の『円波与作』の冒頭の文句。

を聞き、ハラハラ気をもみいたりしが、用事をつくり、その場を避けんとする。

江島　お喜世さま、わたくしはこの間《ま》に、ちょっと――。

綱豊　あ、これこれ、どこへ行くのじゃ。

江島　あの、ちょっと、お[七]広敷《ひろしき》の御番《ごばん》まで……。

綱豊　ええ、躱《かわ》すには及ぶまい。江島、[八]われなども、こんな窮屈な御殿にいず、気ままな浮世暮らしをしていたら、今頃はさぞ、よい[九]当世女房で、面白おかしゅう、やがては浮名の一ツも流しそうな風俗《なりふり》だが、籠《かご》の鳥にしておくのは惜しいものじゃの。はゝはゝゝ。

江島　(返事に困り、ただ固くなって)あれ、とんでもないことを――。

綱豊　存じておるぞ。そちの女房ぶりは、[一〇]堺町《かいちょう》へんの、役者たちの中にも、とかく評判になっているそうじゃ。

江島　まア……。(苦しそうにうつむく)

綱豊　(大笑)はゝはゝゝ。

この時「道中ごと」の通行人、またお腰掛の前を通る。

七　大名屋敷の奥向きの所。

八　相手を呼ぶ語。後世になるほど相手をいやしめる、やや乱暴な言葉になって行ったが、この頃には普通の言い方であった。

九　今の世にふさわしい態度、容姿などをそなえた女。概して快活で派手ないい女を言う。女房は妻の意味ではない。

一〇　今の東京都中央区にあった町で、歌舞伎や浄瑠璃の小屋があり、にぎやかな諸人愛好の所であった。

一人は[一]背割《せざ》き羽織をつけ、[二]蟇肌《ひきはだ》の大小を差したる旅出立《いでたち》の若侍、急ぎ足に通り過ぎんとするを、あとより引きとめるのは、[三]蒲団縞《ふとんじま》の[四]大布子《おおぬのこ》を着て、青髯《あおひげ》深く、[五]すりへがしの頭の馬子にて、その馬は、その頃飴《あめ》屋《や》の前にありしという看板の「あらうまし」の馬に、[六]三宝荒神《さんぼうこうじん》をかけて、手綱を長く引っ張り来たる。

若侍　ええ、馬はいらん。われらは道中急ぎの者じゃ。

馬子　ええ、急ぎと見たから親切に、馬やろうというてるのじゃ。乗らしゃれ乗らしゃれ。声よう小室節まで唄《うと》うて、[七]戸塚《とつか》の宿《しゅく》[八]定宿《じょうやど》まで、[九]ヤミとゲンコでやっつけようさ。

若侍　ええ、御用が急ぐ。道中の邪魔をするな。

馬子　ええ、とんと[一〇]気の悪い[一一]和郎《わろ》じゃ。前脚は一本折れてはいるが、これでも「アラウマシ」というて、自慢の[一二]駿馬《しゅんめ》じゃ。乗らしゃれ乗らしゃれ！

若侍　（カッとして大小に手をかけ）ええ、おれをそれほど、[一三]甘口《あまくち》と見てつけあがるか。

馬子　（セセラ笑って）おお、甘くも見るはず。おらが馬は、浪花町《なにわまち》から借りて来た、飴菓子屋の看板だ。はゝはゝゝ。

一　武士が乗馬や旅行の際に着た羽織で、背面の下方をさけたままにしている。これは行動し易く、刀もさし易いためであろう。

二　ひきがえるの背のように作った、しわのある革（かわ）で鞘（さや）を包んだ、武士の大刀小刀。

三　蒲団の縞（しま）のように、大柄で、荒目の縞柄（しまがら）模様。

四　木綿の綿入れの大きなもの。

五　頭のひたいつきがきれいにそれていなくて、はがされたようにふぞろいなさまを言う。

六　馬の左右と背の上に枠（わく）、箱をつけて三人が乗れるようにした馬の鞍（くら）。

七　今日の神奈川県横浜市西部にあった、東海道宿駅の一つ。

八　いつもそこと定めている宿。

九　馬子や駕籠（かご）かきなどの隠語で、乗せ賃の高を言い、ここでは十五文の意と見られる。

一〇　感じの悪い。嫌な気分にさせる。

一一　人を罵って言う語で、「嫌なやつ」の「やつ」ぐらいの意。

一二　すぐれてよい馬。

一三　手ぬるく、人の言う通りになる人を軽蔑的に言う語。

若侍　ええ急ぎの旅じゃ。[一四]つくなつくな。

　若侍、足早に去る。馬子もつづいて去る。

綱豊　（笑いながら、そのあとを見送りたる後《のち》、なかばは自分の感慨をもこめて）とかく浮世は短いものじゃ。われ人ともに、[一五]ぬめりあるうちに滑《ぬめ》らずば、この世に生まれた甲斐《かい》がない。浮世なりゃこそ浮かれるのじゃ、はゝはゝゝ。酒ひとつほしい。喜世、[一六]たもらぬか。

江島　（さえぎるように）恐れながら、今日《きょう》はよほど御機嫌のてい——それに、おっつけお客さまがたもお見えあそばす御《お》刻限《こくげん》にござりますれば……。

（と頭を下げる）

綱豊　客——？　ああ、[一七]上杉のことか。なんのあれらが客であろう。ありゃみな、胡麻《ごま》すりに来くさるのじゃ。（と、思わず烈《はげ》しき語調になる）

　江島とお喜世、また[一八]時世の談になるので、わざと聞かぬふりして、よそなどを眺める。

一四　そばによりつくな。
一五　浮き浮きした、遊び心。またはそれが出来る心身の状態。
一六　くれぬか。くださらぬか。ここでは目上の人が目下の女に丁寧に優しく言っている感じ。
一七　米沢藩上杉家。先祖は上杉謙信。当代藩主上杉綱憲（つなのり）は吉良上野介の実子。
一八　今の世の中の、殊に政治にかかわる話を言う。

綱豊　（やはり少し烈しき語調）[一]当節の大名商売は、[二]浮世《うきよ》艸子《ぞうし》に書いている、
太鼓持ちとやらよりも軽薄なものじゃ。あちらこちらと、日和《ひより》を見ては、
追従《ついしょう》軽薄へらへら笑いをして歩かぬと、とかくわが家の[三]身代《しんだい》がこころも
とないのだ。去年三月、浅野の家のあの事以来、上杉はとかく世上の評判
が悪いので、今日《きょう》の女どもの浜あそびに拝見を願いまするなどと……つま
りはおれに取り入って、公方さま御前ていの首尾を繕おうという汚い心じ
ゃ。

江島　（聞き苦しさにたえかねて立つ）お喜世さま、わたくしは、ちょっと
あのことで……。

綱豊　これ、どこへ行くのじゃ、江島、何故《なぜ》逃げる。

江島　はい、いえ、あの……ちょっと、お喜世さまの兄御のことにつきまし
て――。

綱豊　何、喜世の兄――？

江島　いえ、あの、ほかのことにて、今日《きょう》お喜世さまのところへ[四]文づかいに
まいりましたついでに、御評判のお庭のことゆえ、ちょっと拝見を願いた
いとお頼みがござりましたので――。

綱豊　（少し苦りきって）ああ、今日《きょう》の女中どもの悪ふざけを、お隙見とや

一　今の世、近頃の大名の仕事。商売というのは武士の心を忘れたさまを皮肉におとしめて言っている。

二　江戸時代の小説の一種で、専ら遊里を中心にして町人の心ざま、生活を描いた。

三　家の財産と地位。

四　事務上の手紙を持参した使いの用事。

ら致したいというのであろう。

江島　（びっくりして）まあ、お殿さまには、そんな下々《しもじも》[五]のことまで、御存じなのでございますか。

綱豊　迂愚《うつけ》[六]にするな、それほどのこと知らいでか。はゝはゝ。が、喜世の兄といえば、たしかもとは浅野浪人[七]ではないか。

お喜世　はい、ただいまは麴町《こうじまち》[八]、新五丁目へんに逼塞《ひっそく》しておりますが、もと浅野御家に奉公いたしました、富森助右衛門にございます。

綱豊　（不審そうに）その浅野浪人の富森助右衛門とやらが、今日《きょう》の浜あそびなぞ、隙見したいと申すのか。

お喜世　まことに迂愚《うつけ》な申しごとと存じ、たって断りを……。

綱豊　ふうむ……。（じッとお喜世を見てから）喜世、その助右衛門とやらは、今宵《こよい》のお能に、吉良上野介が参会いたすことを存じておるのか。（と鋭く問う）

お喜世　（かえって仰天して）ええ、それでは、今日《きょう》のお客うけ[九]は、上杉様[一〇]おひとかしらではなく、あの本所《ほんじょ》[一一]御屋敷の吉良さまも、お見えあそばすのでございますか。

綱豊　世上の人気は恐ろしいものじゃ。日がたつにつれ市中の町人らは、去[一二]

五　身分の高い人から見た、一般の庶民。
六　馬鹿にするな。そこまで世間知らずと思うなの意。
七　浅野内匠頭の刃傷、切腹後、浪人となった浅野家の家来。
八　今日の東京都千代田区の一角の土地名。
九　客をむかえてもてなすこと。
一〇　必ずしも一人というのではなく、ひとつの範囲内にあるひとまとめの人。
一一　吉良上野介の住居のある土地。今日の東京都墨田区に現存する地名。吉良邸はもと鍛冶橋（今日の千代田区内）にあったが、内匠頭に刃傷を受けてより、幕命によって本所に移らされた。
一二　元禄十四年三月、内匠頭が上野介に刃傷に及んだ事件。

年三月のことを思い出し、浅野さま最惜《いと》[一]しや、吉良さま憎やと、今では、はやり唄にまで唄っているので——、もとよりお移り気な公方さま、この頃《ごろ》は上野介に御首尾の悪いことばかり……本所無縁寺[二]裏に[三]屋敷替《やしきがえ》になったのも、実は上様[四]よりのお叱りのお心持ちなのじゃ。それに気がついて狼狽《ろうばい》した狸爺《たぬきおやじ》め上杉が、今日《きょう》の浜あそびを拝見したいと申したなぞと、じつは我が身のせつなさ[五]から、俺にすがって、ふりかかろうとする火の子を払おうとするのじゃ。狸も狸、所詮《しょせん》、正直者の内匠頭などの手におえるような狸爺ではない。

江島　それは、まアまア、迂闊《うかつ》なことでございました。今日《きょう》のお客は上杉さまだけと存じましたから、私までがなんの気もつかず——。

お喜世　吉良さまもお伴《とも》においであそばすとなれば……浅野浪人たる兄などの、立ちまわるべきではございませぬ。きっぱり断りいうて、帰します。

（と立ち上がる）

綱豊　待て。[六]したが、そちの兄は、まことそちへ向かって、今日《きょう》のお庭遊びを、隙見させてくれと願ったに相違ないか。（何か所存[七]あるらしく、声をひそめて）赤穂浪人のそちの兄が、まこと今日の庭遊びを、覗かせてくれと頼んだのか。

一　可哀そうだ。
二　本来無縁の死者を葬る寺の意だが、ここでは固有名詞でもあり、別名回向院と言う。
三　幕命によって住居を変えさせられること。
四　将軍綱吉のこと。
五　悲しい辛さ。
六　だが。
七　思う所。

お喜世　兄とは申しながら、[八]血筋の者ではございませぬ。それではもしや、わたしを[九]謀《はか》って……。（と、不安そうに、唇をかむ）

綱豊　（三たび同じことを繰り返して）喜世、赤穂浪人富森助右衛門が、今日《きょう》の隙見をそちに頼んだと申すか。（鋭くいう）

お喜世　（ただハラハラして）はい――。

綱豊　（熟慮の上、決断、ガラリと調子をかえて）いや大事ない。躬《み》が許したといえ。その助右衛門とやらに、今日《きょう》はゆっくり、隙見をさせてやれ。

江島　（おどろきて）もし殿様！

お喜世　それでも、もし間違いなどござりましては、それこそ取りかえしのつかぬ――。

綱豊　いや大事ない。躬が許した。座敷へはならぬが、生垣の間なり、遠く吉良殿の[一〇]面体《めんてい》を見覚えるくらいは、[一一]大事あるまい。せっかくの願いじゃ、許してやれ。

江島　でも、殿さま、せめて表方お役人にお話あそばした上で――。

綱豊　（それにかぶせるように）いや、大事ない、大事ない。切腹は内匠頭ひとりの命じゃが、あとに残された家中の数は三百有余人、みな今日《きょう》の路頭に迷うている。妻子に離れ、我が身を[一二]恥じしめ――悲しく、つらき日を

八　血のつながった者。
九　だます。
一〇　顔かたち。
一一　さしつかえない。
一二　いわゆる身を落として、恥ずかしいような稼業についていることなどをさす。

送っているのだ。その家来どもの身になれば、殿を殺した仇《あだ》[一]がたき、上野介の面体ぐらいは、見おぼえておきたくもなるだろう。また面体見知らず、そのままでは——まさかの時のその場になって、困ることもあるだろう。吉良どの面体見知りたいというのは、彼らにまだ、侍ごころ[二]が失《う》せぬ証拠、(我にもあらずほほえみながら) 彼らも、去年このかたの辛労じゃ。心ゆくまでトックリと、上野介の面体を——いや、女どもの戯《ざ》れ遊びを、ゆっくり見物するがよいと、わしの言葉を伝えておけ。

お喜世　はい。

綱豊　ただ一つ、念を押しておくことは、隙見以上はならぬぞ。座敷近《ちこ》うはならぬぞ。人の不意を襲うのは、武士たるものの恥じるところだ。わしがそういうていたと、それとなく聞かしておけ。

お喜世　(綱豊の真意を察しかねながらも) それはまア、ありがとう存じ奉ります。

綱豊　(快然[三]として、青く澄みたる大空を眺めつつ) はゝはゝゝ。

この時、突然はげしく、どゝどゝゝと、太鼓の音とともに「道中ごと」の囃子《はやし》の音《ね》急に間近くきこえ、槍持よかん平《べえ》、天鵞絨《ビロード》ずくめの着

一　憎いかたき。
二　武士の武士らしい義心と心意気。
三　気持ちよさそうに。

付け、金糸入りの褌《まわし》、[四]伊達奴《だてやっこ》の姿にて、お囃子につれて走り来たる。そのあとより、[五]赤前垂《あかまえだれ》、赤襷《あかだすき》の旅籠《はたご》屋女おじゃれ、奴《やっこ》を追っかけて出て来る。この二人の登場とともに[六]囃子方（すべて御殿女中）は、揃いの[七]裾模様、[八]花見手拭《てぬぐい》を[九]吹流しにかぶりて、お囃子の「[一〇]地走り」とともに出で来たる。

おじゃれ　（幕内にて、声）おおい、奴どの、おおい奴どの、待たしゃんせ、奴どの、奴どの。

よかん平　（舞台に姿をあらわし、ふりかえり）さっきから、おれを呼ぶそうなが、誰であろう。

おじゃれ　（声）おおい、奴どの、奴どの。

よかん平　なんじゃ。今の宿《しゅく》の、[一一]飯盛《めしもり》どのか。

おじゃれ　（姿をあらわしながら）おおい奴どの。忘れ物がある。待たしゃんせ、奴どの。

よかん平　何じゃ忘れもの？　おおと、[一二]合羽《かっぱ》の煙草入れもここにあれば、[一三]早道《みち》もここにある。（身のまわりを探しまわし）なんにもほかに、忘れ物は、ないはずだが――。（少し台詞《せりふ》じみて来る）

四　おしゃれで、いきな武士の下僕。主人の行列には供先を勤めた。
五　赤い前かけ。
六　芸事（げいごと）で、調子をつけ、情緒をそえるための伴奏を担当する人達。
七　裾に模様のついた、女性の晴れ着。
八　いわゆる元禄模様のついた、おしゃれ用の手拭。
九　広げたままでかぶる、かぶり方。いきな感じの故とみられる。
一〇　踊り、舞い、唄、仕草などとかかわりなく、演奏それ自体が目的であるはやし。
一一　江戸時代、宿場の宿屋で、旅人の給仕をし、売春もかねてした女性。別名おじゃれ。
一二　桐油紙で作った、水をはじく煙草入れ。桐油紙はアブラギリの種子を圧縮して得る乾性油をひいた紙で、よく湿気、雨などを防ぐ。
一三　銭入れ。

おじゃれ　いいえ、そっちになくとも、こっちに大事の忘れ物がある。

よかん平　はてさて、何を忘れたというのじゃ。

おじゃれ　ええ、[一]ても憎てらしい奴どの。

二人の態度も、この前より次第に芝居がかりとなり、ついに二人の踊りとなる。

〽[二]宵は[三]けんぺき
夜中にゃあんま
人をさんざん[四]まわしておいて
[五]花《つゆ》のひとつも置くことか
とどのつまりの[六]揚銭《あげせん》に
砂銭《すなせん》三文、[七]鐚《びた》六文
きせるの雁首《がんくび》まぜるとは
ええ[八]性悪《しようわる》な、奴どの……

よかん平　（頭をおさえて）ほい、これはあやまった、あやまった。

一　いかにも。
二　これは、二人のざれ事を唄ふうに作った、素人の創作と思われる。
三　筋肉をきつく摑（つか）んでこりをほぐすこと。
四　客の気に入るようにつくさせる。
五　松板銀。粒金。豆の形をした江戸時代の貨幣。
六　娼妓への代金。
七　粗悪な銭。
八　たちの悪い。

奴はほうほうの体《てい》にて逃げ出すのを、おじゃれはなおも追いすがりて……

——舞台静かに回る——

中《ちゅう》の巻《まき》

一

御浜屋敷松のお茶屋のうち、[一]御座《ござ》の間——すなわち綱豊の居間に近きところ、奥向きにては御対面所[二]などともいう。十畳と八畳と二間つづきの座敷。舞台には見えないが、上手《かみて》の方は綱豊の居間につづき、下《しも》手《て》の方は畳廊下を隔てて奥方の居間あり。それよりまた、[三]入側《いりかわ》の畳敷きをめぐりめぐりて、客間の方に達するような間どりになっている。

舞台に見ゆる二室《ふたま》のうち、広き十畳の間の方に床の間、[四]違い棚あり、[五]塗り骨の障子、塗色の柱、絵模様の[六]唐紙襖《からかみぶすま》、壁、[七]欄間、[八]長押《なげし》なども、すべてきらびやかなる[九]金砂子《きんすなご》の張付けにて、床の間には、[一〇]いかつかしからぬ[一一]大和《やまと》絵風の[一二]懸物《かけもの》をかけ、[一三]金蒔絵《きんまきえ》の[一四]文台《ふみだい》、[一五]文筥《ふばこ》、硯箱《すずりばこ》などを置き、花を活け、香を焚《た》き、すべて御台所《みだいどころ》好みの京都風の装飾である。座敷

一 身分の高い人が着座する部屋。
二 大名の屋敷で、来客と応接するための表座敷。
三 座敷と外側の間をつなぐ一間幅の通路。
四 二枚の棚板（たないた）を両方から上下二段に喰い違うように作った棚。
五 漆（うるし）ぬりの骨。
六 中国渡来のもので、貝殻を焼いて製した胡粉（ごふん）や、雲母（うんも）の粉末などで模様をすり出した高度な紙を用いた襖。
七 天井と鴨居（かもい）の間に、格子や彫刻の板などをとりつけた部分で、装飾と通風のためのもの。
八 柱を両側からはさみつないで、釘で打ちつけた横木。鴨居の上部とつながっている。
九 金箔を細粉としたもの。
一〇 いかめしくない。
一一 水墨画の唐絵に対して、色彩豊かな、日本的情趣に富んだ絵画。
一二 書画を表装して、飾りまたは鑑賞のために、床の間や壁などにかけるようにしたもの。
一三 漆をぬった上に金銀粉をまきつけて器物の面に絵模様を表す、巧緻と気品をそなえた工芸。
一四 低く、小さい机。
一五 書状などを入れておく手箱。

には銀の網付きの[一六]手《て》焙《あぶ》りを置き、[一七]繍《にしき》の褥《しとね》を設け置く。
この二間の下手、広き畳敷きの入側を隔てて、御台所の休息所あれども、これは[一八]土佐風の絵襖をとざしありて、その中のさまは見えぬ。その入側を正面奥につきあたれば、そこは大溜《おおだめ》（潮入りの池）に面したる欅板《けやきいた》の大濡縁《おおぬれえん》で、上手の方綱豊の居間へ通ずる廊下と、下手の方客間とに通ずる丁字状の通路となっている。その前の大溜には、綱豊が時々なぐさみに魚釣りをこころみることがあるので、池の中には常に、鱸《すずき》、鯔《ぼら》、その他の大魚を遊泳せしめている。

時は、前場とほぼ同じき時刻。塩浜の方には「道中ごと」の遊戯《あそび》いま真盛りなれども、この松のお茶屋はそのあいだに小《こ》ノ字山という小皐《こやま》を隔てたれば、浜あそびの騒ぎ声もここまではとどかず、閑寂として人声も稀《まれ》に、ときどき池中にはねる大魚の水音を聴き、かすかに綱豊の居間の方より、暮おそき春の日をひねもす静かに刻む[一九]土圭《とけい》の振り子の音を聞くのみである。

舞台空虚——。

一六　手をあぶるのに用いる小さい火鉢。
一七　金や銀の糸、様々な絵絹などできらびやかに美しい模様を織り出した織物のざぶとん。
一八　土佐派の画風。細密で巧緻な筆使いで、花鳥や仏事などを扱い、画壇の権威となった。
一九　時計。もとは日時計のことを言ったが、その後意味が拡大した。

やや長き間《ま》を置きて、[一]奥家老津久井九太夫《つくいくだゆう》に案内せられて、新井勘解由《あらいかげゆ》しずしずと入《い》り来たる。九太夫は七十六、七、耳すこし遠く、足もとあやしけれど、気ばかりは達者な老人、[二]紅裏《もみうら》の袖《そで》うらを見せて、頭髪《あたま》はまっ白なる[三]十筋右衛門《とすじえもん》。

新井勘解由とは、いうまでもなく、われらの敬慕する[四]曠世《こうせい》の[五]学匠新井白石君美《きみよし》先生である。（当時の通称は勘解由）白石はこの時四十六歳、甲府侯綱豊に仕えてその儒臣となり、[六]三百俵を食《は》む。学者らしく地味なる[七]肩衣《かたぎぬ》、[八]桟留《さんとめ》の袴《はかま》、[九]田字草《でんじそう》の定紋《じょうもん》つけたる小袖、[一〇]惣髪《そうはつ》のかつら、眉間《みけん》に先生の特徴たる[一一]火字文《かじもん》の皺《しわ》をふかく刻み、にがみ走りたる面体《めんてい》。態度堂々として、威厳あり、将来六代将軍家宣《いえのぶ》（綱豊）の師範として恥ずかしからぬ風采《ふうさい》である。

九太夫　（白石にも褥を出さんとしつつ）いや御迷惑……、[一二]貴さまの御迷惑は……察し入ります。今日《こんにち》かような、[一三]取りしらべもない席へ、わざわざ御《お》[一四]上《かみ》屋敷よりお呼び立ていたしては……先生の御迷惑、お察し申しまするて。

勘解由　（少し眉《まゆ》をひそめながら）何か火急の御用事《ごと》でも――。

九太夫　いつも[一五]御思《おんおぼ》し召しつき次第、今が今のお召し出しゆえ、手前どもな

一　奥勤めの家老。
二　紅（もみ）は紅（べに）で無地に染めた絹布で、これを衣服の裏とすること。江戸時代こういうやり方を粋（いき）なおしゃれとした。
三　頭髪の少ないことを人名めかしていう語。
四　世にまれな。
五　世間から大先生と仰がれる学者。
六　一俵は米四斗。三百俵は百二十石に当たり、綱豊の師ながら常住の勤めでないのでこの程度の知行となったもの。
七　袖がなく、小袖の上着の上に肩から背にかけて着する。江戸時代武士が勤務する時の制服。
八　桟留はサン・トメ。日本にキリスト教布教に来た聖トマスのポルトガル語原名をサン・トメと言い、この伝説にもとづいた縞模様の綿織物。なめらかで艶（つや）があった。大学者でも元禄の風俗は身につけている。
九　デンジソウ科の水生のシダ。多年生で生命力が強い。葉が田の字に見えるのでこの名がある。
一〇　江戸時代の男の髪の結（ゆ）い方のひとつで、額の月代（さかやき）をそらず、全体の髪をつか

どいつもこれで迷惑いたします。今日《こんにち》、女中どもの、この騒ぎのなかへ……勘解由どのなどには、さだめて苦々しいことにござりましょう。

勘解由　いや、いつ罷《まか》り出《い》でましても、この御下《おしも》屋敷の晴れやかさ、お池の中にはねる魚の音を聞きましただけでも、心がひろびろと致します。

九太夫　（つんぼの空耳にて、何か聞き違い）今宵《こよい》のお客さまは、上杉様おひとかたと存じていましたところ、急に吉良《きら》さまから御相伴《ごしょうばん》願いが出たため、手前などは手筈《てはず》が狂うて、もうてんやわんやの体《てい》でござります。

勘解由　（微笑、少し声を大きくし）何、吉良どのより御相伴願いが出ましたとな。

九太夫　さよう。本所《ほんじょ》[一六]回向院《えこういん》裏の、御《ご》[一七]高家《こうけ》吉良どのにござります。

勘解由　いや今日《きょう》のお客は、上杉さまより吉良さまの方が、はじめからの御[一八]正客であったのでござりましょう、はゝはゝゝ。（苦笑いする）

この時奥の方に女どもの声。綱豊、女ども、お喜世、江島らに送られて入り来たる。

綱豊　（声）何、勘解由がまいったとな、いずれにおる？

ねて結った。儒臣、医師、浪人などが用い、ここではそのように作ったかつら。

一一　火の字に似た、学者らしい厳密な思慮深さや正義感を感じさせる、顔のしわと思われる。

一二　目上の人に対する敬称。やがて同輩または同輩以下を呼ぶ語になり、後には相手をののしる言葉にもなった。

一三　あらかじめ約束したのでもない。

一四　甲府家の江戸本邸、桜田御殿のこと。白石はここに住して専ら学問していたとみられる。

一五　思いつかれ次第。

一六　無縁寺の別名。

一七　江戸幕府における重要な職で、幕府の儀礼、朝廷への使節、勅使の接待、朝廷との間の諸礼等をつかさどる家。名家が世襲する習いであったので高家と呼ばれる。

一八　主（しゅ）になる中心の客。

お喜世　（声）あれ、おあぶのうございます。

九太夫　（勘解由に畳をたたかれ、はじめて気がつき）御出座[一]でござる。拙[二]者御免下され。（狼狽《ろうばい》して入側の方に去る）

綱豊　（閾《しきい》ぎわにまで来て、女どもを見かえり、カラカラと笑って）何、勘解由とて、鬼ではない。そんなに恐れることはない。遠慮はいらぬぞ。

江島《えじま》　でも、わたくしどもは、御道中ごとを拝見仕《つかまつ》りますゆえ……。

綱豊　うむ、それもよかろう。後から、酒の用意じゃ。

お喜世　御免あそばされましょう。

江島とお喜世、佩刀《はかせ》を綱豊に捧げ、もと来《き》し方に去る。かすかに道中ごとの囃《はや》し音《ね》聞こゆ。

綱豊　勘解由、待たせたのではなかったか。（褥を半分敷きて座る）

勘解由　いえ、拙者はただいま――（といいかけて気がつき、片手を上げて）さ、まアず――。

綱豊　では先生、御免。（と褥に座りながら）時に先生、わざわざ呼び立てて相すみませぬが、奥よりまたしても頼みが出て、困り入りました。その

一　お出まし。主君またはそれに近い人がその場に出てくること。
二　武士が自分のことをへりくだって言う語。

助け舟というところじゃ。

勘解由　何事でござります。

綱豊　いつぞやチラとお話したはずじゃが、浅野内匠頭《たくみのかみ》家再興の願いじゃ。昨日《さくじつ》京都関白殿下より、奥方あてにまたしても御催促がまいって、ぜひとも今日《きょう》中に、御返辞の飛脚を差し立てたいと申さるるので、わしもその返答に困《こう》じておる。相手が京都方の事ゆえ、迂闊《うかつ》なる御返辞もならず、また、予[三]においては少しく義理の判断に迷うところもあるのじゃ。

勘解由　はて――？（慎みて見上げる）

綱豊　これはとうより聞き知っておることながら、もし世間に洩《も》れては……、公方《くぼう》さまの御威光にもかかわり、また……、あまりにも畏《おそ》れ多きことゆえ、わざと今日《きょう》まで口外いたさずにおったが、実は去年三月の浅野家没落については、京都御所[四]うちにおいても、内匠頭切腹をことのほか御不憫《ごふびん》に思し召され、将軍家のお取りさばきを、あまりお心よろしゅうは……思し召されぬ御模様に洩れ承っているのじゃ。

勘解由　――。（無言、膝頭《ひざがしら》の両手をわざとらしからぬほど畳におろして、熱心に聴聞する）

綱豊　それかあらぬか、[五]はきとは申されぬが……、去年三月御[六]祝儀の勅使と

三　自分。わたし。
四　天皇、上皇、皇子などの居所。
五　はっきりとは言えないが。
六　お祝いの儀式。

して下られし、柳原大納言[一]どの、高野中納言[二]どのには、めでとう[三]京都に御帰着の以後も、今もって御勅答[四]の御《おん》儀すらなく、実は……閉門[五]御同様に、今日《こんにち》なお御参内《さんだい》[六]を差し控えておられるということである。（と声をひそめる）

勘解由　――？（無言、キラリと綱豊の目を見上げる）

綱豊　これを世間では、両勅使とも当日江戸城御本丸[七]において、血潮[八]のけがれを受けられしゆえ、三年の間は参内を差しとめられしなどと申し触らしている者もあるが、実はそのような軽いことではなく、喧嘩張本《けんかちょうほん》[九]たる上野《こうずけの》介《すけ》は、当日将軍家より御療治を結構に[一〇]仰せつけられ、幸い一命にもかかわらざるほどの傷所《きずしょ》[一一]なれば、相手方内匠頭ことも、勅使ら両人より命乞いを致しながら、むざむざ腹切らせるにも及ぶまい、尊き[一二]お使いに立ちながら、それほどの心づきもなかりしは、御《おん》思し召しのほどを知らぬ無調法[一三]の至りなりと、もってのほかの御気色《みけしき》[一四]のように承っている。勘解由、これは浮い[一五]たる雑説《ぞうせつ》ではない。世間の物知りとかいう者どもは、何も知らずにとやかく申しておれども、これはさるきっとせるお方より、わざと予がかたへお知らせ下されたのだ。

勘解由　はア――。（うつむきて暗涙[一六]の模様）

一　宮廷の高官で、太政官の次官。右大臣に次ぐ地位であり、正勅使にふさわしいとして任じられた。
二　同じく太政官の次官で、大納言に次ぎ、従三位の位（くらい）を持ち、副勅使として江戸下向した。
三　無事に。結構に。
四　臣下の奏上に対して天皇が答えること。
五　江戸時代の刑のひとつで、家にとじこもらせ、外へ出ることを許さなかった。
六　宮中に参上すること。
七　城の中心部にあり、天守閣のある、もっとも主要な場所。
八　内匠頭が刃傷した際、上野介の額から血が流れ、畳をよごし、同じ城内の同じ区域にあったことを、いまわしいこととしてこのように言う。
九　喧嘩のもとになった本人。
一〇　申し分なく。行きとどいて。
一一　斬られて傷を受けた体の部分。
一二　うやまい、重んじるべき。
一三　行きとどかないこと。思慮の至らないこと。
一四　御機嫌。お心のごようす。
一五　いいかげんな。
一六　人に知れないように流す涙。

綱豊　[一七]かしこくも、[一八]やんごとなき極みの御《おん》思し召しがかくあるうえ、予が舅《しゅうと》たる近衛《このえ》の御家《おいえ》はまた、浅野家城代家老大石内蔵助《くらのすけ》とは格別の間柄なのじゃ。現に[一九]津軽家に奉公いたす内蔵助の従兄弟《いとこ》大石郷右衛門《ごうえもん》、大石三平《さんぺい》の両人は、もと近衛家の侍じゃが、近衛家姫君津軽家お輿入《こしい》れのため、そのお付人《つきびと》として[二〇]弘前《ひろさき》へ罷り下った者じゃ。また、これも大石内蔵助の従兄弟、[二一]大石瀬左衛門《せざえもん》の姉つねと申すは、現に関白家[二二]大奥に年寄役を勤めて、外山《とやま》と申して調法がられておる。同じく弟孫四郎は、これも近衛家の侍だ。かく大石一族の者どもが、みな近衛家に仕官するその所以《いわれ》と申すは、[二三]近江《おうみ》の国栗太《くりた》の郡《こおり》大石の庄と申すは、もと近衛家先祖代々の御[二四]庄園にて、その御庄園をあずかりし[二五]大石良勝《よしかつ》と申すは、ただいまの内蔵助にとっては大祖《おおじ》父《い》にあたる者なのじゃ。されば、大石一族と関白殿下とは、切っても切れぬ御因縁にて、[二六]譜代の[二七]御被官同様と申してもよろしいほどの身なのじゃ。

勘解由　さようにござりますか。はじめて承りまして驚き入りました。さようのおかかりあいとは……今日《きょう》まで、一向に存ぜずにおりました。

綱豊　右様《みぎよう》の次第ゆえ、関白殿下には去年浅野家没落の噂《うわさ》を聞かるると同時に、同家の不幸を幸いというではなけれど、かねてより器量人とおきき及びある今内蔵助を、ぜひともこの際近衛家に召しもどされたいとの思し召

一七　もったいなくも。
一八　高貴な極致。天皇のこと。
一九　今日の青森県を当時の南部家と領地を分け争った大名家。津軽家の方が領土、実力ともに優勢であった。
二〇　今日の青森県南西部にあり、津軽氏十万石の城下町であった。
二一　義士の一人。馬廻り役で、石高百五十石。討ち入り後切腹時は二十七歳であった。
二二　普通には江戸城内で、将軍夫人及び側室の居所をさすが、青果はこの語を拡大解釈したとみられる。
二三　今の滋賀県。
二四　平安時代から室町時代にかけて、貴族、寺社の私領であり、守護、地頭をおいて管理せしめたが、武士である守護地頭が実力を増大させ、次第に衰え、豊臣秀吉晩年の太閤検地によって遂に終滅した。
二五　大石家先祖で、初めて浅野家につかえ、大坂冬の陣に戦功あり、家老となり、千五百石を禄された。近衛家庄園あずかり云々とは一見喰い違うが、転換期を生き抜いた人と見れば了解される。
二六　代々その主人に仕えること。
二七　上級の人に召しかかえられること、またはその家来を言う。

しにて、再三御使者をもって、山科《やましな》に浪人中の内蔵助をたずね、関白家に帰参のことをすすめたなれど、内蔵助こと何か思案でもあることか、再三の思し召しにもただ御辞退いたすばかりゆえ、殿下においても御心《おこころ》をせかれ、近衛関白家が主《しゅ》にとって不足なのかとまで仰せありしところを、内蔵助お答えには、縁あってひとたび浅野家に仕えましたる以上、その家の前途を見届けねば、故主《こしゅ》に対する忠[一]が相立ちませぬ。ただいま御舎弟大学《だいがく》頭《のかみ》をもって、浅野家再興の儀をば、公儀[二]御《お》役人の間に奔走最中にござりますれば、その安否をしかと見届けましたるうえ、あらためて手前方より御返事申し上げますると申し切って、あとは何と催促しても御返答すら申し上げぬそうじゃ。

勘解由　大石内蔵助の器量人[三]たることは、拙者などもかねて、柳沢家[四]御家来、細井[五]次郎太夫《じろだゆう》などより、承っております。

綱豊　おお、そちは内蔵助を聞き知っているか。その次郎太夫とは唐様[六]《からよう》をよく書く、書道の名人、細井広沢《こうたく》か。

勘解由　さようにござります。かねてお聞き及びもござりましょうが、先年高田[七]の馬場の仇《あだ》うちに高名を博しましたる堀部[八]安兵衛《やすべえ》と申す者は、浅野家に仕えてお使番《つかいばん》をつとめておりまするが、この者、細井とは無二の親友に

一　忠義。忠誠心。
二　徳川幕府。
三　才能・力量のすぐれた人。
四　五代将軍綱吉の気に入られ、一小性より側（そば）用人、将軍に次ぐ権勢の地位についた柳沢吉保の家。
五　堀部安兵衛の友人。武芸と学問に秀でていた。
六　中国風の書体。
七　今の東京都新宿区西部にあった乗馬の練習場。堀部安兵衛の果たし合いで有名になった。
八　浅野家江戸詰めの家臣。もと中山を名乗る浪人であったが、高田の馬場での見事な働きを見て堀部弥兵衛が感嘆し、懇望されて堀部家の養子となる。吉良家討ち入りの急進派、文武両道の達人であった。切腹時三十四歳。

ございますれば、手前も広沢を通していろいろと、大石の噂を承知いたしておりました。五万三千石の御家老には、ちと惜しきほどの器量人で、加[九]賀仙台のごとき大藩ならば、四、五千石も[一〇]知行を与え、[一一]銀の鼻毛抜きを持たせて、終日《ひねもす》[一二]ぼんじゃりと遊ばせておいても、お国の飾り道具にはなる男などと……、広沢も[一三]過ぎし頃までは申しておりました。

綱豊　（何か意味ありげに）過ぎし頃まで——と申すのか。

勘解由　人物を[一四]相《そう》するは、[一五]雲影《うんえい》を捉《とら》うるよりもなお難《かた》しと申しまする。筆をとって描きまするうちにも、はや雲の形は次第に変じまして——、人間もまたかくのごとくかと存じます。

綱豊　大石の人物承知とならば、はなしはし易い。浅野家中の浪人らは、その大石を頭領《かしら》といただき、吉良屋敷討入りの企てがあると、世上にてはもっぱら評判いたすではないか。

勘解由　さようにござります。昨年の暮頃までは、そのような噂が立ち、吉良さまにもよほど御用心なされたそうにござります。細井広沢なども酒さえ飲めば、見よ見よ今に見よ、[一六]士道はまったく地に堕《お》ちぬ——などと、わが身のことのように肩肱《かたひじ》張って、[一七]悲歌慷慨《こうがい》しておりましたが……。

綱豊　（膝をすすめ）勘解由、[一八]其許《そこ》などの考えでは、わしより浅野家再興の

九　加賀は藩主前田家百万石、仙台は藩主伊達家六十二万石、いずれも屈指の大々名である。
一〇　主君より給される禄。
一一　銀で作った鼻毛抜き、これを持たせるとは、ぜいたくに、丁寧に、ゆったりと扱うことを言っている。
一二　ぼんやりと。せかせかと仕事しないで。
一三　過去のある時までは。
一四　人間の値打ちを判定すること。
一五　雲のすがた、形。
一六　武士道。武士の気魄と正しい生き方を言う。
一七　悲壮なうたをうたい、いきどおりなげくこと。ただしここではなげく意味よりは、赤穂浪士を信頼応援して、昂奮する思いが強い。ただ世間一般がそうでないのでこの言葉を使ったのであろう。
一八　そこもと。目下の相手に言うやや丁寧な呼び方。白石は綱豊の家臣であって師匠でもあるのでこういう言い方をするのである。

こと願い出れば、将軍家には、ただちにお許し下さるものと見込むか。

勘解由　その点は御[一]二念には及びますまい。公方さまには貴方《あなた》さまが、かく[二]遊楽惰弱に身をやつして、御政事上のことなど、上《うわ》の空のことに見なしておいでなさるのを、かえって[三]底気味悪《あ》しゅう思し召しておらるるところと存じますゆえ、御訴訟あれば[四]渡りに舟のお喜びかと存じまする。

綱豊　うむ。わしの見込みもまったくその通り。（と何か心にうなずきつつ）勘解由、そちにわざわざ、今来てもろうたのはそこじゃ。わしの口より願い出《い》ずれば、一も二も無《の》うお聞き届け下さることだけに、わしは今、はたと迷うておる。

勘解由　（重々しく、うなずき）なるほど――。

綱豊　勘解由。ただ一つ、心にとめておいてもらいたいことがある。ほかではない、浅野家再興のこと、上様《うえさま》においてお聞き届け下されたとなれば、いかに家中の者どもがあせり願《ねご》うても、もう仇討ちはならなくなるぞ。

（じッと白石を見る）

勘解由　いかにも、さようにござります。

綱豊　[五]京都への御[六]旨意《ごしい》は、前にも申す通り――、近衛家よりは、たびたびの御催促、願うて出れば必ず事は成る。また、これは[七]余事《よじ》じゃが、このご

一　他の考えは必要ないでしょう。
二　遊び楽しんで、なまけて弱々しいさま。
三　何となく気味悪くお思いなされている。底（そこ）は将軍の心の底ではなく、綱豊のうわべと違った心の底を言うのである。
四　困っている場合に丁度都合のいい条件が与えられること。
五　朝廷、宮中あたりの意。
六　主要なお気持ち。
七　今話している本筋とは別のことだが。

ろ御台所《みだいどころ》よりのすすめにて、やとい入れたる喜世と申す女、これはもと、浅野家奥方に仕えし者とあって、内匠頭[八]後家《ごけ》瑶泉院《ようぜんいん》付き老女の方より手をまわして、それとなく、わしへの頼みもある。

勘解由　（少し驚きて）ほほう、お喜世どのがもと浅野家に——、それはまったく初耳にございます。何ともはや、不思議な奇縁にございます。

綱豊　何かあるか。

勘解由　実は、あまりの奇縁ゆえに申し上げまするが、わたしの亡き母も、実はもと赤穂《あこう》浅野家に奉公いたしておった者にございます。

綱豊　何、白石先生の[九]御萱堂《ごけんどう》も、やはり鉄砲洲《てっぽうず》屋敷に仕えられたのか。

勘解由　母はもと、[一〇]二本松丹羽《にわ》の御家に仕えましたる何某《なにがし》と申す者の娘にござりまするが、丹羽家の姫君[一一]小宰相《こさいしょう》さまが、浅野家へ御輿入《おこしい》りありますみぎり、[一二]小女郎としてお付き申して、鉄砲洲お屋敷へ上がりました。

綱豊　丹羽家より輿入れといえば、前々御《ぜんぜんご》代《だい》の御《ご》前様《ぜんさま》じゃが、うむさては、内匠頭には御祖母さまじゃな。

勘解由　さようにございます。母は浅野家において、一方ならぬ御恩をいただきましたることゆえ、わたくし親どもの代までは、毎年盆正月のお礼には、必ず[一三]罷《まか》り出《い》でておりました。

八　内匠頭未亡人のこと。夫没後髪を切って夫菩提をとむらうのに専念し、瑶泉院と称する。ただし尼になったのではない。
九　母君さま。相手の母を美しく優しく言っている。
一〇　福島県中北部にある土地名。近世、丹羽氏の城下町であった。
一一　宮中での役名。天子のそばにあっての、相当な要職と思われる。
一二　身分ある人の世話をする女性。
一三　参上して。人前に出ることを謙譲の意をこめて言う。

綱豊　ほほう、世間は広いようで狭いものときいたが、なるほどこれは不思議な縁じゃ。御台所と申し喜世といい、学問師匠の[一]そこもとまでが、三人揃《そろ》うて浅野家に縁を引いているとは、こりゃ、ただの邂逅《めぐりあわせ》とばかりもいわれないように思う。

勘解由　まったく手前も、遭遇の不可思議さに、驚き入っております。

綱豊　三方四方、みなそれぞれの縁あって、浅野家再興を乞い願うのみならず、第一は[二]聖賢の教えにも、[三]先祖の祀《まつり》をたやさぬをもって孝道の第一とするというが……、さてはやはり、大学頭再興のことは、天よりわれに授けられたる[四]因縁事《ごと》であったのか……。（と、つぶやくようにいい、拳《こぶし》にて膝《ひざ》をたたきながら、何やら深く思案する）ふうむ……。（やがて顔をあげ）勘解由、わしの迷うておるところはここじゃ。諸方の望むところもその通り、また、内匠頭の[五]追善にもなることゆえ、将軍家に罷り出で、お膝にすがって願うことぐらいは、さほどむつかしからぬ勤めじゃが……、さて、どうも、それがいかぬのじゃ。（一種、苦笑いのごとき笑いをうかべて、白石を見る）

勘解由　と、仰せなされますのは――？

綱豊　大学頭再興は、いずれの方《かた》より考えても、躬《み》に授けられし役目とは考

一　そなた。同輩か目下に対して言う。

二　聖人と賢人。とびぬけて徳の高い人と知恵のすぐれた人。ここでは専ら孔子をはじめとする中国古代の偉大な思想家達をさす。

三　先祖の霊を祀りつづけることを止めないのが最大の孝行である。具体的には家をつぐ人がいなければ先祖の霊を祀ることも出来なくなるのであるから、家の存続が一番の孝の道だということ。

四　わけのあること。そうなるのに当然の理由があること。

五　死者の霊を慰める行為。

えながら……、何となくそれを拒むものが、躬の心中にひそんでいるような気がするのじゃ。

勘解由　はて――？

綱豊　五年以来そちに教え導かれた皇国振《六みくにぶ》りの意気とでも申そうか、日本学《七》と申そうか……、何となくわしには気のすすまぬところがある。

勘解由　――？（催促するように、鋭く綱豊を見る）

綱豊　……………。

綱豊、また白石に見つめられ、鼻白みていい出しかねる。その間《かん》の表情に、師弟の情誼《八じょうぎ》美しく溢《あふ》れて見ゆる。

勘解由　（微笑）まず、おっしゃって御覧《ごろう》じませ。五年このかた、隔日ごとに、深更まで御講義いたす日本歴史学のうちにて、お心得なさるべき点だけは、すでにあらまし申し上げておいたはずにござります。世上一般の道徳義理の判断についても、いまさらお迷いなさろうとは考えられませぬ。御心中にはすでに固く御決断なされたことがあらせらるることと推察します。まずそれをおっしゃって御覧じませ。

六　日本の国にふさわしい、勇ましい、筋の通った心意気。これは作品が書かれた時期の時代相を反映しているので、言葉の表面にこだわる必要はない。
七　今日の学問とはやや違い、日本人の生きる正しい道の教え、ぐらいの意。
八　お互いの間の、したしみある情愛。

綱豊　（少しく口ごもりながら）われらごときの分際で、[一]口幅ひろき申し分ながら、聖賢の教えも、時には踏み越えねばならぬ時があると思う。
勘解由　（[二]響きの物に応ずるよう、膝を打ち）よく仰せられた。われらは[三]唐《から》人《びと》ではございませぬ。聖賢の言《こと》をきく前に、日本の武士たることを忘れてはなりませぬ。何ごともまず、侍ごころが第一、その上にて、聖賢の教えに従うべきでござりましょう。
綱豊　勘解由。実のところ、躬は大学頭再興を将軍家まで願い出とうはないのじゃ。御台所の切なる頼み、また関白家の御《おん》思し召しにも一時は背くようなれど……、大石内蔵助らのために、少しく時節を待ってみたいと思う。京都[四]かしこきあたりにて、内匠頭切腹をことのほか御不憫《ごふびん》がらせ給《たも》うたと聞くにつけ……もし大石内蔵助はじめ赤穂浪人ら、かねて辛苦の本望遂げ、めでとう内匠頭臨終の鬱憤《うっぷん》を晴らせしと、[五]雲の上まできこえ上げなば、その時の御満足は大学頭が二万三万の痩《や》せ大名に取り立てられた時より、[六]百層倍[七]御機嫌にかなうと思われるが、いかに？
勘解由　[八]したり！（思わず膝をたたいて、進み出で）あっぱれ[九]大丈夫の御一言、[一〇]御嚮導《ごきょうどう》申し上げている勘解由、ただ落涙のほかござりませぬ。
綱豊　（これも乗り出して）勘解由、討たせたいのぅ。

一　自分の値打ちも考えないで大きな生意気なことを言うようだが。これは将軍の身が聖賢の前にへりくだって言っているのである。
二　反応が極めて速いさま。物をたたけば響きがおこる、その間に時間のすきがない、まさにそのように。
三　中国の人。
四　宮中・皇室。ここでは天皇のこと。
五　宮中。この場合も天皇をさす。
六　何百倍。程度の高さ強さの違いを言う。
七　お気持ちにぴったりする。お喜びになる。
八　よくおっしゃいました。相手の言葉に思わず強い同感と喜びを示している。
九　立派な力強い男。
一〇　学問を通じて、事を教え、お導きしてさし上げている。相手は弟子であって主君でもあるのでこういう言い方になる。

勘解由　は、は。

綱豊　躬にかかわりなきことながら、いささか[一一]世道人心のためにも、討たせたいのう。めでとう浪人らに、本望遂げさせてやりたいのう。

勘解由　は、ただ恐れ入りました。（涙を押さえ、間《ま》をおき、声をしずめ）ただ、それにつき、心にかかりまするは、山科浪人中の大石の[一二]放埒《ほうらつ》……広沢の噂話などによりまするると、毎日毎夜、[一三]祇園《ぎおん》島原と狂いあるき、散々のていたらくと承りました。

綱豊　ふむ。その噂は、予とても聞いている。

勘解由　それがもし、敵に油断させるための[一四]反間《はんかん》苦肉の手だてならば、まことに頼もしゅうも存じますなれど、もし本心放埒にて、[一五]初一念のことなど忘れ果てているようなれば、せっかくあなたさまが、それほどまでに思し召し、お心を尽くされるのに……。

綱豊　（微笑）新井先生、あなたは内蔵助の放埒を、そのように御覧なされまするか。その[一六]段はちがう。先生、その段はわたくしと格別の相違にござります、はゝはゝ。

勘解由　ええ格別の相違――？

綱豊　先生、わたくしも最初、赤穂浪人の間に仇討ちの企てあるときいた時

一一　世の道徳と人の心のあるべき姿。綱豊にはそれが今堕落していると思われるのでその建て直しの意味をこめて言っている。
一二　酒色にふけり、生活がみだれること。
一三　京都の世に知られた遊里。
一四　敵のはかりごとの裏をかくために、考え、苦しんだ末の策。
一五　主人の無念を晴らしたいという最初の思いつめた心。
一六　事がらのある一点を言う。その点。

は、[一]さのみ深《ふこ》う心にもとめませなんだが、その後《ご》だんだん、内蔵助の放蕩《ほうとう》の噂をきくにつけ、こりゃ一旦の思いつきではなく、[二]根強く謀《はか》る彼らの忠義——、必ず本望遂げる日があると、今日《こんにち》では堅く信ずるようになりました。

勘解由　（幾分の不安をつつみながら）さようにござりましょうか……。

綱豊　内蔵助は四十幾歳と聞く。もはや[三]初老も過ぎて、二度三度[四]分別の瀬も越した男が、去年あたりからにわかの放蕩とは……、先生、仕事にして遊ぶ者の身になれば、女ぐるいもさのみ面白いものにはござりませぬ。

勘解由　なるほどこれは……。（綱豊を見て、笑う）はゝはゝ。内蔵助なども、ぜひそうありたいところでござる。はゝはゝ。

綱豊　（白石にさそわれて、これも大笑する）はゝはゝ。

勘解由　（やがて、何か考え）いや、それについて……ふと思い出したる一奇話がござります。昨年、師走《しわす》も押しつまってのことでござります。細井広沢が珍しくも拙宅をたずねてまいりまして、少々折り入って[五]御意《ぎょい》得たいことがあると申します。

綱豊　ほほう、広沢が其許《そこ》を——？

勘解由　書院に通して来意を訊《たず》ねまするど、豪放[六]不羈《ふき》な彼にも似合わず、し

一　それほど。
二　しっかりした考えによって、強く、ゆらぐことなくくわだてる。
三　当時四十歳で初老と呼んだ。老境に入りかけた年ごろを意味する点で今日と同じだが、年齢感覚が今と違う。
四　人生の危ない際（きわ）を賢く判断してのりこえること。ここでは専ら男女の仲の過失、またはそれに近づく危険ようのことを言う。
五　お目にかかりたい。
六　束縛されずに、大胆に生きること。

きりに前後を見まわし声などをひそめ、[七]礼記《らいき》の本文《ほんもん》に、何やらの讐《あだ》[八]は倶《とも》に天を戴《いただ》かずとあると聞きましたが、その何やらの讐とは、何の讐にござりましょうと、わたくしに訊ねます。[九]異《い》なことを申すことかな、広沢ともあろう者が、礼記の本文を忘れて、わたくしのところに訊ねに来るとは、合《が》点《てん》行かずとも思いましたが……、その時は何の気もつかず、それは、父の讐は倶に天を戴かずであろうと申しますと、広沢また声をひそめて、白石先生、実はその父の讐云々《うんぬん》についてでござります。拙者の読みました礼記にも、明らかに「父の讐」とござりましたが、それを拙者、このごろある人の頼みにて、さる神社へ納めまする[一〇]願文《がんもん》の中に、誤って[一一]「君父《くんぷ》の讐」と書きました。わたくしはもとより、[一二]武班《ぶはん》に列して柳沢家に仕える身、文字の誤り書きなどは、さまで[一三][一四]一身の恥辱とも存じませぬが、しかしました……ひるがえって考えまするに、[一五]昭々《しょうしょう》たる[一六]聖経《せいきょう》の本文を、わざと書き誤りましては、何となく……聖賢の教えを侵すような心地もいたしまして、心中はなはだ……安からぬものがござります。先生、これは広沢の誤りでござりましょうかと、わたくしの瞳《ひとみ》を見つめて、思い込んだるさまにて、またたずねます。その時拙者もふと気がつき、そしてその願文はいずれの神社にお納めなされたと訊ねますると、広沢しきりに口ごもって、いやそれはお

七　儒学における四書五経のひとつで、この道の教養に不可欠のものとされている。

八　かたきが生きているのに自分も同じこの地上に生きていることは出来ない。つまり殺さなければならない。中国では昔「天」が人間の運命を支配していると考えられていたので、生きることを天を戴（いただ）くと言ったのである。

九　おかしなこと。

一〇　神、仏に向けての願いの文章。

一一　主君や父のかたき。

一二　事務的な仕事や学問によってつかえる人に対して、専ら武芸によって主君につかえる立場を言う。

一三　それほどには。

一四　わが身にとっての大きなはじ。

一五　あきらかな。

一六　聖人の教えを記した書物のしかとした文章。

訊ね下さるな、ただ、[一]常州《じょうしゅう》……[二]笠間《かさま》への、名もない神社でござると申します。常州笠間と申せば、浅野内匠頭家が、[三]播州《ばんしゅう》赤穂に移る以前の旧領地——、ははアさてはと心づきましたるゆえ、拙者も膝を進めて、細井氏《うじ》、その願文の願い主は、播州赤穂の浪人、堀部安兵衛と申す者でござろうと図星をさしますと、彼はにわかに狼狽《ろうばい》して、先生、決して[四]御他言下さるな、願い主は、その安兵衛の舅《しゅうと》、[五]堀部弥《や》兵衛《ひょうえ》金丸《あきざね》にござりますと、はじめて[六]実《じつ》を明かしましたるゆえ、拙者思わずわが膝をたたき、ほほう、それなれば大事ござるまい。たとえ聖経の本文にもせよ、その[七]訓《よみ》は、訓《よ》みとる者の心ごころでござる。[八]孔夫子《こうふうし》は唐人《からびと》ゆえ、唐人のこころにて「父の讐」と書きましたろうが、訓むその人がわが日本の堀部弥兵衛どのであってみれば、父の讐を「君父の讐」とお訓みなされたところが、白石などは涙が流れるほどに嬉しゅう存じます。よくぞ、父の讐を君父の讐とお訓みなされた、広沢先生、あなたもよく父の讐を君父の讐とお書きなされた、あなたのお手をいただきたいような気がいたしますと……、（目をしばたたき、笑いにまぎらし）はゝはゝゝ、これは、拍子に乗って、粗相つかまつりました。（と涙を収め）この話は、とくにもお耳に入れておきたいと思いながら、つい今日《きょう》まで失念いたしておりました、はゝはゝはゝ。

一　常陸（ひたち）の国の別称。今の茨城県の大部分に当たる。
二　今の茨城県の北西部にある町。
三　播州は播磨（はりま）の国の別称、今の兵庫県南西部、赤穂はその中の、浅野家の城下町であった。
四　他人に言うて下さるな。
五　堀部安兵衛の義父。義士のうちの最高齢者で、吉良家討ち入りの時は七十七歳であった。書に巧みで、討ち入り時の口上書は彼が書いた。
六　事実。ほんとうのこと。
七　漢字の読み方。
八　孔子の敬称。

綱豊　むむ……むむ……。（感にたえて、白石の話を聞き）先生、そしてその、広沢が貴方《あなた》をおたずねしましたのは、旧冬[九]押し迫ってでござりまするか。ならちょうど、大石内蔵助が東《あずま》下り[一〇]して、江戸の旅宿に滞在中にござりまするな。

勘解由　よく御存じ。そのとき内蔵助は、はやり立つ江戸おもて[一一]の面々を鎮撫《ちんぶ》[一二]いたし、必ず仇敵《かたき》は討つほどに、来年三、四月の頃まで待てと、一同をなだめて、またまた山科へ引きかえしたとやら、広沢より承りました。

綱豊　躬のきき及んだも、やはりその通り――、先生、わたくしはどうでも大石を、義士[一三]として信じとうござります。

勘解由　手前とてももとより、その儀においては変わりござりませぬが、ただいかなことにも昨今の彼の素行……いや、話がまた、もとの愚痴にもどりました。はゝはゝ。

お喜世、江島ほか奥女中どもとともに、酒宴の用意をととのえ、熨斗《のし》[一四]、島台[一五]などを持ち運び来たる。

勘解由　（その様子を見て）いや、拙者――今日《きょう》はさよういたしてはおられ

九　去年の冬。
一〇　京から江戸へ下（くだ）ること。江戸時代には京都が中心と考えられたので、江戸へは下ると称した。今はその反対。
一一　その方面。江戸おもて、国おもて、などと言う。
一二　いきり立つ者をなだめ、おさえること。
一三　道義を貫く武士。
一四　熨斗鮑（あわび）の略。アワビの肉を薄く長く切り、伸ばして干したもの。儀式用の肴に用い、のち、贈り物に添えた。今日の贈答品につける飾り物はこれが形式化したもの。
一五　海岸線が美しい浜辺を形どって台の上に作り、松、竹、梅や鶴亀などの模造を配し、祝儀やお客のもてなしのために飾りとして用いた。

ません。これにておいとまを……。

綱豊　なれども、せっかく用意いたしたるものゆえ。

勘解由　いや、実は今日《きょう》、桜田のお屋敷の方へ、土肥《とい》源四郎、服部清介《はっとりせいすけ》などを呼び寄せ、かねてお申しつけの[一]諸家大系図《しょけだいけいず》の総目録を[二]編輯《へんしゅう》最中にござりますれば、せっかくのことながら、今日はおあずけにいたします。

綱豊　さては、かねてお頼み申してある諸家大系図——[三]藩翰譜《はんかんぷ》は、もはや[四]満《まん》尾《び》いたしましたか。

勘解由　巻数にして二十巻、冊数にいたして六十七冊、早速御表具方に申しつけ、表装いたしまして、お手もとまで差し上げたいと存じます。

綱豊　お骨折の段、過分に存じまする。先生自身お書きおろしの文章ゆえ、さだめて[五]暢達《ちょうたつ》明快にして、[六]天馬《てんば》奔空《ほんくう》の概《がい》がござりましょう。一読の日が、今から待ち遠しゅうござる。（と、喜世の差し出《い》だす杯をとりて、酒をつがせる）

勘解由　いや、恐れ入ります。（と立ちかけて、また座り）ただ、一つこころにかかるは、さきほどのお話にござります。

綱豊　さきほどの話とは？

勘解由　大石内蔵助にござります。拙者なども、彼の今日《こんにち》の素行、御《お》思し召

一　全国の諸大名家の系図及びその歴史を記した、新井白石の代表作、藩翰譜の別名。
二　資料、題目などをある方針に従ってまとめること。
三　諸家大系図の本題。大名三三七家の歴史を書き集めている。
四　書物を書き終わって、完成すること。
五　のびのびとしていて、はっきりと気持ちのいいこと。
六　天馬は空想上の動物。天をかける馬が大空を自在に走り回るように、書物の内容、文章がさわやかで、読者を引きずって止まないさまを言う。

しのごとくあれかしとは祈りまするが……、もし万一、本心よりの放蕩といたせば……、せっかく京都方諸家さま思し召しの大学頭さま再興のことを、無下《むげ》に葬りあそばしても……。

綱豊　おお、ちょうどよいことがある。（何か思案の上）これ喜世、そちの兄は、まだ屋敷におるはずじゃの。これへ呼べ。

お喜世　（びっくりして）あれ、とんでもないことでござります。あのような無躾者《ぶしつけもの》[七]を、おそば近《ちこ》う召しましては……。

綱豊　いや、だんない[八]、だんない。表向き[九]でもそちの兄とあれば、いずれ一度は盃《さかずき》を取らせようと思うていたのじゃ。ちょうどよい折柄《おりから》[一〇]じゃ、江島、表[一一]の者に申しつけて、わしとはいわずに、これへ召しつれてまいれ。

江島　（これも当惑して）はい、あの——。

綱豊　ええ、早ういたさぬか。

江島、仕方なしに、表の方へ走る。

綱豊　（勘解由に向かい）先生、これにおります者の兄、富森助右衛門《とみのもりすけえもん》と申す者は、もと浅野家に仕えて二百石、馬回りの使番《つかいばん》をも勤めて、志[一二]は鉄石《てっせき》

七　無作法者。礼儀作法をわきまえないもの。
八　かまわない。
九　形式上。事実はそうではないのだが必要上そういう形をとること。
一〇　都合のよい時。
一一　表役人。玄関付きの武士。
一二　忠義の志。

の者と、かねてより聞いておる。（一点を見つめ、声をしずめて）もし山科[一]浪々中の彼が、[二]一儀の企てなどあるならば、この助右衛門決して、その仲間に洩れるような者ではありませぬ。（といいかけ、女どもに気がつき）先生、わたくしが彼に盃の与えぶりを御覧下されたら、きっと御安心がなりましょう。

勘解由　なるほど、これは[三]一段の御思[四]案、いやそれまで承りますれば、もはや拙者の気づかいもござりませぬ。今日《きょう》はこれにて、おいとまを頂きましょう。[五]なにがな、著述のことと申せば、一行の文字も人まかせにはならぬ性分、御酒《ごしゅ》下されは、お書物[六]巻尾《かんび》の上にて、ゆるゆる頂戴《ちょうだい》仕《つかまつ》りとうござります。

綱豊　御苦労に存ずる。が、学者と申すものも、ずいぶん気ぜわしい御商売にござりますな。

勘解由　（これも微笑して）学者と申すものは、いつも西に落ちる夕日を見ながら、その夜の泊まりをいそぐ旅人のような、あわただしい心持ちの者でござります。これも命あるうちに、あれも命あるうちにと、ただもう気のみ[七]せわせわ致して、一日としてゆっくりと、大空の青きを眺むる日もござりませぬ。

一　浪人になっている。浅野家がつぶれて、禄をはなれたことをさす。
二　一挙。ここでは吉良家討ち入りのこと。
三　一層よい。
四　考え。
五　何にせよ。とにかく。
六　完成。全部出来上がること。
七　落ちつかず。

綱豊　申さば、やはり一つの御道楽でござりまするな。
勘解由　まったくその通り、[八]お勤め分には、所詮《しょせん》勤まらぬ仕事にござります。
綱豊　はゝはゝゝ。
勘解由　はゝはゝゝ。

綱豊と勘解由、たがいに顔を見合わせ、快く大笑する。

――道具回る――

二

甲府侯御浜屋敷のうち、大溜《おおだめ》という潮入りの池中にある[九]釣殿《つりどの》。時刻は前につづく。すなわちその日の夕方より夜にかかる。

この大溜は、俗に螺山《にしやま》という小《こ》阜《やま》の麓にあり、松のお茶屋という御殿に面している。

舞台に見ゆるところは一面の大池の中央に石を畳みて築成せる小島あり、その岩ぐみの上に、[一〇]神楽堂《かぐらどう》などに似たる四方吹抜き板敷きの小建

八　好きでするのではなく、人に使われてする気持ち。そういうことでは出来ないと言っている。
九　泉水（せんすい）に臨（のぞ）んで、釣りをするために設けた建物。
一〇　神社の境内で神を祭るために歌舞をする殿舎。

築が立っている。それより[一]上下《かみしも》両方に、池上に架したる[二]勾欄《こうらん》つきの渡り廊下あり、それを上手《かみて》に渡れば、松のお茶屋の客間書院[三]等に通じ、下手《しもて》に渡れば、さきに出《い》だしたる御対面所に通ずる。この小《こ》建物は、釣魚《つり》好きの綱豊が、[四]綸《いと》を垂れて遊楽するところにて、正面には螺山に咲きたる山桜を見、小島の汀《みぎわ》には、[五]一蝶《いっちょう》の朝妻船の絵などに見ゆるような小舟、中にはなまめかしき染絹《そめぎぬ》の褥《しとね》、手焙《てあぶ》りなど置きたるまま紅白の綱にて纜《もや》ってある。

池の面《おもて》には、三月の[六]青蘆《あおあし》、ようやくその緑を[七]抽《ぬき》ん出て、[八]行々子《よしきり》の降るような声の中に、折々大魚の水に踊る音などきこゆ。

春の日は今ようやく暮れんとして、[九]入《い》りぎわの夕日は、はなやかにまぶしきまでに、釣殿に反射している。

富森助《とみのもりすけ》右《え》衛門《もん》、下《しも》屋敷番[一〇]人小《こ》谷甚内《たにじんない》に案内せられて、上手書院のかたより渡り廊下を渡りて、釣殿の方に入り来たる。

助右衛門は、浅野家に仕えて二百石、江戸生まれにて、御使番《おつかいばん》をも勤むるほどの立派な当世男なれども、このごろは敵状偵察のため、勤番《きんばん》の田舎侍に扮《ふん》して諸方に立ちまじりて、吉良《きら》家の動静をうかがう際ゆえ、髷形《まげがた》も刷毛先《はけさき》も、わざと野暮につくり、流行おくれの大碁盤縞《おおごばんじま》の

一　上手（かみて）と下手（しもて）。左右両方。
二　廊下や橋などの端につける欄干（らんかん）。
三　居間兼書斎。
四　釣り糸。
五　一蝶は英（はなぶさ）一蝶、江戸前・中期の画家。幕府の怒りにふれて伊豆三宅島に流され、許されて江戸にもどってより軽妙な筆で市井の風俗を描いた。朝妻船は、琵琶湖東岸にある朝妻港と大津を結んだ渡し船で、一蝶がよく画材とした。
六　水辺に青々と茂っている蘆。
七　周囲にまして青さがきわだって見えること。
八　うぐいすに似た蘆原などに住む小鳥。
九　沈む直前の夕日。
一〇　見張りや、客との応接を主とする武士。

小袖《こそで》を裄丈《ゆきたけ》合わずに着て、大小なども不揃《ふぞろ》いに見ゆる。

助右衛門　（上手書院の縁側に突っ立ち、小谷が渡り廊下の上より呼べども動かず）手前に御用とおっしゃるは、ど、ど、どなた様でござります。御女中方でござるか、[一一]御《お》役の方か、それを承らぬうちは、手前困る、困ります。

甚内　だから、手前も詳しゅうは存ぜぬが、[一二]奥御《おくご》右筆《ゆうひつ》よりの御伝達ゆえ、御案内申します。

助右衛門　が、そのような、奥向きなどへ推参するような、す、姿ではござりませぬ。どうか、このまま……。ひらに、どうか……。

甚内　いや、それでは手前迷惑する。さ、こなたへ——。

助右衛門　御用とあれば、そのお方のお名前を承りましょう。

甚内　それは、お目にかかればわかること。さ、こちらへ——。

助右衛門　（プンプンしながら）どうも手前には合点《がてん》がまいらぬ。（と仕方なしに、つき来たる）

甚内　御書院の方は、今日《きょう》の[一三]御《お》客設けに取り散らしてござるゆえ、さ、こちらの御《お》廊下より。（と先に立ち、渡り廊下にかかる）

一一　役職を持った武士。
一二　江島のこと。
一三　お客をむかえてもてなすのに前もって用意すること。

助右衛門　あ、ちょとお待ち下され。そして、吉良様には、およそ何時刻《なんどき》頃の御《ご》入来《じゅらい》[一]でござります。

甚内　（不審そうに）吉良さま――？　吉良さまとは――？

助右衛門　いや、その、上杉――、米沢《よねざわ》[二]の殿さまでござる。上杉さまには、もう、おっつけ御参会[三]でございましょう。程のう御参会にござりましょう。

甚内　さよう、御《お》上《かみ》[四]さまよりお申しつけの用意はお夜食のみにて、御夕食のことは承らぬゆえ、いずれ、暮方かけてかと存ずる。

助右衛門　（せき込み、指差しして）御通行[五]は、あの、馬《ば》見所脇《けんじょわき》[六]の、あの冠《かぶ》木門《きもん》[七]でござりましょう。

甚内　（立ちもどり、顔をしかめ）さ、さ、いかがめされた。御奥《お》では、お待ちかねでござろう。

助右衛門　手前は遠国者《おんごくもの》にて、いまだお大名様がたの寛《くつろ》いだお姿というものをお見かけ申したことがない。ぜひ今日《きょう》は、遠方からなりと、御通行を拝したいと存じまする。

甚内　はゝはゝゝ。お大名とて、やはり目鼻は二ツに一ツ、（わが目鼻を指《ゆび》示《さ》しつつ）格別お国もとへ、話のたねになさるほど違ったところもござりません。参りましょう、さ――。

一　おいでになること。
二　今日の山形県南部にある、上杉家の城下町。
三　会合に参加すること。
四　主君。殿様。
五　上杉、実は吉良が通る所。
六　馬のかけるさまを見物する所。
七　二本の門柱の上方に横木を貫き通した、屋根のない門。

助右衛門　は、しかし拙者……。（急に、キョトキョトしはじめる）どなたか知らぬが御用があるとならば、そさまからお取次を下さりませぬか。

甚内　何をいわしゃる。手前とて、奥向きなどへ通行のなるような身分ではござらぬわい。

助右衛門　何、奥向き——？　さては拙者をお呼び出しになったは、奥向きの御用でござりまするか。拙者、拙者、大の粗忽者《そこつもの》、御無礼があってはなりませぬ。さ、[八]月代《さかやき》もこの通り、少し黒ずんでおります。

甚内　ま、ま、世話をやかせずと……。

助右衛門　それに拙者、拙者その……貴人の前に出まするると、急にその、物忘れをいたして、そのうえ、ど、ど、ど、どもる癖がござりまして……はい、もはや、それ、それ、この通り。

甚内　はゝはゝゝ。これはとんだ[九]剽軽《ひょうきん》らしい[一〇]御仁《ごじん》じゃ。

甚内、釣殿に来て、そこにありし真紅の呼び紐《ひも》を引き、合図の鈴を鳴らす。

この頃より風のかげんにて、塩浜の方にて囃《はや》し立てる「道中ごと」の[一一]道化囃子《ばやし》、折々声高くきこえ来ることあり。

八　男の額の髪を頭の中央部にかけてそり落としたもの。
九　気軽で明るく、滑稽なこと。
一〇　おかた。他人の尊敬語。
一一　人を笑わせるためにおどけた伴奏音楽。

助右衛門　（吉良のことのみが気になって）馬見所脇の御門を御通行とあれば、あの……、[一]西お長屋へんに差しひかえますと、遠くからちょうど、吉良……いや上杉さまのお顔立ちぐらいは、はっきりと見えまするな。

甚内　はて、それも御《お》奥の御用がすんでのことじゃ。

下手対面所の廊下より、御右筆江島、渡り廊下を渡って入り来たる。

江島　お、あなた様が、富森助右衛門さまにござりまするか。

助右衛門　（びっくりしてふり向き）御用をおっしゃって下さりませ。

江島　ほゝほゝゝ。いえ、わたしではござりません。さ、こちらへ――。

助右衛門　お待ち下さい。まだ奥向きへまいるのでござりますか。

甚内　（そばから、助右衛門を引っ張り）お刀お刀。お刀をお預かりしましょう。（と、小声で教える）

助右衛門　いや、手前はおいとま申し上げます。奥御殿などと、このようなところに……、（キョトキョトあたりを見まわし）とても落ちついて座れそうな心持ちではござらぬ。

一　ここでは女中達が起居する長い建物の西の方。

江島　ほゝほゝ。さ、お妹御さまお待ちかねゆえ――。
助右衛門　え、妹――、妹とは誰、ああなるほどお喜世でございまするか。あなたさまは、もしやお喜世の、御朋輩《ごほうばい》ででも……？
江島　御右筆をつとめ、江島と申す者にございます。
助右衛門　ああ、それでは、さっきお台所役人にお申し付けあって、手前にお酒を下されたは、あなた様でございましたか。（ベタリと釣殿に座って）酔いました、手前、この通り酔いました。
江島　ほゝほゝ。さ、お待ちかねでございます。お通りなされませ。
助右衛門　そ、そのうえ、拙者、悪い癖で、ど、どもります。こ、この通りどもります。今日《きょう》のところは、こ、これにて御免――。
江島　いえ、手前お屋敷の上様《うえさま》は、決してそのような、お気むずかしい御方《おかた》ではございませぬ。
助右衛門　え、上様――？　さては殿さまへ、お目通りいたすのでございますか。そ、そりゃかなわぬ。御免御免。（と逃げ出さんとする）
甚内　（それをさえぎって）これ、助右衛門どの――。（と押さえる）
助右衛門　あやまりました。江島どの。手前はがさつ者、粗忽者……。どうか、お助け、お助け下されこれじゃこれじゃ。（手を合わせて頼む）

江島　[一]ても[二]仰山《ぎょうさん》な。ほゝほゝゝ。

甚内　あはゝはゝゝ。

一同笑いの中に——

——道具静かに回る——

一　いかにも。はなはだしく。

二　大げさなこと。

下《げ》の巻《まき》

一

道具回り来たりて、もとの対面所となる。

綱豊は膝《ひざ》など崩し、酒もすこしまわっている。

お喜世その傍らによって、お酒の酌をする。

綱豊　（盃《さかずき》をうけながら）そして、御病症は何じゃ。[三]御《ご》気《き》鬱《うつ》のあまり、御《ご》[四]癆症《ろうしょう》でも出たのでないか。

お喜世　それほどのこととは承りませぬが、何分昨年の秋以来の御大病ゆえ、おそばの者は皆、お力落としのことと承りました。

綱豊　[五]三次《みよし》浅野はお里もととはいっても……、[六]甥《おい》式部《しきぶ》どのの代じゃ。さだめ

三　気がふさいで、はればれしないこと。
四　肺結核の昔の言い方。
五　広島県北部を領地とする浅野家の分家。内匠頭夫人の実家。
六　内匠頭夫人の兄浅野土佐守の息子で、未亡人には甥に当たる。

て御不自由のことばかりであろう。おいとしいことじゃ。

お喜世　かたじけのう存じます。わたくしも、御産土《おうぶすな》一氷川《ひかわ》さまに、毎日御代参をたのみまして、朝夕お廊下の端にて、お百度を踏んでおります。二

この時、下手《しもて》入側《いりかわ》外にて、姿は見えねど、江島《えじま》と助右衛門《すけえもん》の話し声きこゆる。

綱豊　（その話し声に気がつき、急に酔いが出たように）一度男を持った若い女子《おなご》が、早うその配偶《つれあい》に別れると、とかく病気が出たがるものじゃという。喜世、そちなども、せいぜい俺を大切に致さねば、その身のためにもなるまいぞよ、はゝはゝゝ。

お喜世　はい……。（赤くなって、さしうつむく）

江島　（入側の曲がり角に姿をあらわしつつ、おかしさを耐えて、その後の富森にいう）なんで急に、そのようにフラフラなされます。

助右衛門　（ついでその姿をあらわしつつ、口をとがらし）さっきから……、酔いましたと申すのに、わからぬお方じゃ。どうか今日《きょう》は、これにてお許し下されませぬか。

一　今の埼玉県さいたま市（旧大宮市）にある氷川神社。お喜世にとっては生まれた土地の守り神を祭っている。
二　心に深く願うことのために同じ所を何度も拝んでまわること。

江島　（笑って）いいえ、[三]御上意ゆえ、それはなりませぬ。

助右衛門　と申して、この方《ほう》が迷惑致すと申すのに……。

江島　（入側を入《い》り来たり）さ、こちらでございます。（と、対面所の方を指し示す）

助右衛門　（とたんに、ベタリと座って）え、[四]御座所にございまするか。

江島　ほゝほゝ。またお座りなされた。

助右衛門　（負けずに口をとがらし）ええ、まさかもったいなさに腰が抜けたのではござらん。脇差をここへ、[五]遠慮いたすのでござる。

江島　まあ、お口の減らない……、ほゝほゝ。（対面所の内に入りて、手をつかえ）富森《とみのもり》助右衛門、召しいだしましてございます。

綱豊　おお、参ったか、どれにおる。

江島　（わがうしろに[六]平蜘蛛《ひらぐも》のようにへたばりいる助右衛門を示すため、身を少しずらして）ほゝほゝ。これに平伏いたしております。

綱豊　助右衛門、遠慮はない。ずッと[七]閾《しきい》を越せ。

助右衛門　いえ、御もったいない、これにて充分にございます。

綱豊　富森助右衛門と申したな。そちは[八]全体浅野家で、どれほどの御恩になった者じゃ。

三　主君の意志。
四　身分の高い人の居間。
五　刀をさしたままでは貴人に対して失礼に当たるので、その気づかいから脇差を腰からはずしてその場におくことを言っている。
六　平身低頭するさまをくもにたとえたもの。
七　部屋の境の戸や襖（ふすま）をあけたてするためにその下にある溝のついた横木。ここでは綱豊の居間そのものと控えの間の境を言うので、襖はあけてあるのである。
八　いったい。元来。

助右衛門　（平伏のまま）いえ、もう、ほんの微禄[一]者で……、人数にも入るほどの者でございません。

綱豊　（半ばからかうような口調になり）ほほう、浅野家では二百石を微禄というか。

助右衛門　（びっくりして）は――？

綱豊　お使番《つかいばん》をつとめ、諸家《しょけ》への使者にもたたせる者を、浅野の御家《おいえ》では、人の数にも入れないのか。

助右衛門　はッ。（ぐっとつまり、冷や汗を拭《ぬぐ》いたいような心持ちにて）恐れ入ってございます。

綱豊　酔っているのか。

助右衛門　（たたみかけられて、少しヘドモドしつつ）は、少し、御台所酒《おだいどころざけ》に酔いまして……。

綱豊　それにしては、眼中[二]が鋭いのう。

助右衛門　は。

綱豊　はゝはゝ。まず入ったらどうじゃ。そこでは遠い。

助右衛門　（少し、中《むか》[三]ッ腹となり、身体《からだ》を起こし）手前、入りますまい。

綱豊　何故《なぜ》入らぬ。盃をくれようと思うのじゃ。

一　主君よりわずかな禄を頂いている武士。
二　眼のうち。助右衛門が酔ったふりをしながら心は緊張していることを眼つき、眼の光に託して言う。
三　むかむかと腹を立てること。

助右衛門　いや、手前、入りませぬ！

お喜世　（さっきからの富森の態度にハラハラして）これ兄《あに》さま。お前という人は……。

助右衛門　（度胸をすえ、わざと片手に自分の顎《あご》などをなでながら）手前、少々、世の拗《す》ね者にござります。妹の手引などで戴《いただ》く酒は、あまり飲んでうまいものとは存じませぬ。

綱豊　ほう、これは、ズバズバと物がいえて、とんと面白そうな男じゃ。俺もチト変わり者で、入らぬといえば、ぜひこれへ入らせてみたい。いただかぬという盃なら、ぜひいただかせてもみとうなる。

助右衛門　それは造作《ぞうさ》もないことでござります。もう一、二度入れとおっしゃれば、そちらさまは[四]天下由緒のお大名さま、こちらは[五]尾羽打ちからした[六]陪臣《またもの》浪人、たとえいやだと存じても、[七]御意《ぎょい》に従うよりほかはござりませぬ。

綱豊　それでは、[八]権柄《けんぺい》ずくで面白うない。入りとうなければ、入らんでもよろしい。ゆるゆるそれで話して行け。

助右衛門　御用ずみでござりますれば、どうかおいとまを……。

綱豊　まあいい、話せ。そちの望む隙見《すきみ》、[九]本所辺《ほんじょへん》の者の参会までは、まだだいぶ時刻がある。

四　将軍の親類。
五　落ちぶれはてた。鷹の尾の羽が破れたりちぎれたりしてみすぼらしくなったことから身の上がいちじるしく落ちたことをこう言う。
六　将軍から見れば大名は家臣であり、そのまた家臣である人という意味。家来の家来。
七　相手の意思に従うほかはない。言う通りにする以外にない。
八　権勢、力ずくでえらそうに人をおさえつけること、そういうことは嫌だと言っている。
九　吉良上野介の住居、そのあたりの者。上野介その人がこの家へやって来ること。

助右衛門　（ギックリして）や！

綱豊　はゝはゝ。（傍らを見て）これ、誰《た》ぞ煙草盆など与えよ。（と機嫌よう、また盃をとって、お喜世に酌をさせる）

江島、[一]高蒔絵《たかまきえ》の煙草盆をうやうやしく助右衛門の前に置く。

助右衛門　（江島をジロリと見上げながら）では、これで戴いても大事ござりませぬか。（もはや少しふてくされて、腰にさげたる[二]熊《くま》の手の胴乱煙草入れなどを取り出す）

お喜世　（あまりのことに見かねて）これ、兄《あに》さま。それはあんまりじゃ……。（遠くから座をたたく）

助右衛門　ええ、お出し下さるから戴くのじゃ。（と、わざとひしゃげ煙管《きせる》など出して、煙草を喫《す》う）

綱豊　（にやにやそれを見ながら）助右衛門、そちとて、いつまでも浪人ではいられまい。いずれはどこぞ、[三]仕官でもする心であろうの。

助右衛門　（煙草を輪に吹きながら）所詮《しょせん》この通りのがさつ者、それはもう諦めております。

一　蒔絵は漆（うるし）をぬった上に金銀粉などで絵模様をほどこしたもの。高蒔絵はその一種で、蒔絵の下地にさびた漆を使って画面をもりあげてある。
二　革（かわ）などで作った袋状の煙草入れ。熊の手に似せたものか。
三　大名家、または他の武家の家来となってつかえ、勤めること。当時武士は官吏であったからこう言う。

綱豊　さしつけじゃが、当家はどうじゃ。[四]多分のことはならぬが、まず、[五]先《せん》知行《ちぎょう》ぐらいのことならば——。

助右衛門　（言葉をいい切られては大変と、あわてていう）すぐお側《そば》を、御《ご》覧《ろう》じなされましょう。

綱豊　ああ、女ゆえの奉公は、好ましからぬというのか。

助右衛門　わたくしはただ、証文面《おもて》の兄妹《きょうだい》にござります。お喜世さまが御当家へ奉公致すにつき、仮親がなくては肩身が狭いとおっしゃるゆえ、やむなく名義をお貸し申したのでござります。しかしかく御奉公もめでたくすみましたことゆえ、そのうちにはいずれ当方より願い出て、親元は余人に振り替え、わたくしの名義は、御証文面から洗《あろ》うていただきたいと存じております。

綱豊　何、証文面の名を抜きたい——？　そちを兄分に致しておいては、後々喜世に迷惑でもかかることがあるというのか。（と少しく意味ありげに、座をすすめる）

助右衛門　ええ。（ギックリしたが、わざと悪《わる》落ちつきに落つき）おうぬぼれになれば、まず、その辺でもござりましょう。手前、[六]主取《しゅど》りは、フッフツいやになりました。[七]御《ご》主《しゅ》さま一人が一旦の[八]短慮ゆえ、大勢の家来が生涯

四　たくさんの禄をあたえることは出来ないが。
五　以前、浅野家でもらっていたと同じ程の禄高。
六　主君につかえて職務とすること。
七　御主君。
八　短気で、あとさきの考えのない。内匠頭が上野介に刃傷に及んだ事実をさしている。

路頭にまよわねばならぬような、……忠義づとめ[一]は、もうあき果てました。

綱豊　(まだ目を離さず) では、きっと、再び主取りする気はないな。

助右衛門　小禽《ことり》を養《か》うのが得手《えて》[二]ものにござりますゆえ、まず鶯《うぐいす》[三]でも飼って、お大名さま方へ売りあるき、それを当座の渡世[四]にいたしましょう。

綱豊　(少しく失望したが) あったら[五]男だが、少し知恵が足らぬようじゃ。なるほどこれでは、山科《やましな》にいる内蔵助《くらのすけ》とやらも、世話のやけることであろう。(と、鎌《かま》をかけてみる)

助右衛門　――?　(大石と聞いて、キッと耳を立てる)

綱豊　大石は大腹中《だいふくちゅう》[六]の男と聞いている。その大石の心底《しんてい》[七]など、これらには飲みこめまい。

助右衛門　――。(ポンポンポンと、煙管にて灰吹き[八]をたたき、思わず膝を進めんとする)

綱豊　(その態度に心づきながら、わざと素知らぬさまにて) 大石は、京都近衛家にてもお目をつけられるほどの器量者[九]、かかる軽はずみな者どもを相手では、さだめて事がやりにくかろう。これではまるで、我から[一〇]わが企てを、洩《も》らして歩くような者どもじゃ。

一　主君につかえて忠義をつくす務め。
二　得意。上手。
三　さえずりの声が他の鳥に比して特別美しいので、愛玩用として珍重され、これを飼うことが商売になるのである。
四　世をわたり、生活するための仕事。
五　惜しいことには男は男だが。一人前の男なのにもったいないことには。ごく皮肉な言い方。
六　心の広く、大きい男。
七　心の底の思い。
八　煙草の吸いがらを、煙草盆についている筒にたたき入れる、その筒。
九　力量あり、能力あり、やることが見事で、そつのない男。
一〇　自分の方から。

富森、またかッとなりて、思わず膝の進み出るのを、ぐッと踏ん張って我慢する。

綱豊　親の心子知らずというはこのことだ。（間《ま》をおいて、富森をぐッと鋭く注意しつつ）ただそれほどの大石じゃが、われらの目から見れば、可哀そうに……手落ちが一つある。手づるがあれば教えてもやりたい……と思う時もあるが、それも益なし、不憫《ふびん》や彼も、小藩の知行取り一一ゆえ、天下大一二どころの模様はわからぬらしい、順逆名分一三ともに、立たぬところがあるのが惜しい。

富森、大石をあざけられてぐッとこみ上げて来て、閾《しきい》を越して中に入らんとせしが、ようようにそれを耐えて煙管を灰吹きにたたいたり、一四雁首《がんくび》の皿を見つめたり、さまざまにして我慢する。

綱豊　（わが言葉に反応ありたりと見て、ややその図に乗る）一五国家老の、城一六代のと申しても、やはり五万三千石相応のところじゃ。去年三月、赤穂《あこう》城一七引渡しのみぎり、はやり立つ家中をぐッと押さえて騒がせず、味噌《みそ》蔵《ぐら》の味

一一　主君から禄を受けて生きる者。
一二　徳川幕府。全日本の大きな政治の立場の意味を含めて言う。
一三　道理にかなっていることと違っていることの正しい判断、及び道徳上守るべき正しい道。順逆も名分もつまり同じことを言っているのだが、前者は道理不道理の区別の思慮に力点をおき、後者は表に出した場合の正しい姿に主眼がある。
一四　煙管（きせる）の火皿のついた頭。形が雁（がん）の首に似ているのでこう言う。
一五　大名の領国づめの家老。江戸家老と対称される。
一六　国家老と同じ。大名が江戸にいる間も領地の城を代表して守ることから言う。
一七　大名の家がつぶれた場合、領国の城を幕府に渡すこと。元来この城は大名が作ったものであるが、家がたえれば幕府はこれを取り上げて他の大名を送りこむのである。

噌から城内の野良犬何疋《なんびき》と、毛並まで調べて帳面に仕立て、塵《ちり》ひとつのあやまりなく、公儀[一]役人に引き渡した、その手際の殊勝さ神妙さに、世間では大石を、またとない傑物のように買いかぶっているようだが、なアに俺の目から見た内蔵助は、やはり田舎生まれの田舎侍だ。我から好んで、石と石との間に手を挟んで、いまさら抜きもならず差しもならず、ギクギクと苦しんでいるさまを見るがよい、はゝはゝゝ。（助右衛門を見て）どうだ助右衛門、まだ中へ入って、盃をいただく気にはならないか。

助右衛門　いや、手前入りますまい。（強《し》いて独語のように）大石は大石、われらはわれらだ……。

綱豊　なれども、その大石を頭《かしら》といただき、ウロウロしながら下知《げぢ》[二]に従う一味の連中こそ、あわれ憫然《びんぜん》[三]なものじゃ。不憫や何も存ぜぬゆえ、腹の中では、何とでもいえ、今に見ろ――、などとも思うているであろうが、その今にが――、わしには気の毒でならないのじゃ。はゝはゝゝ。さようさな、たとえてみれば、……うむ、そうじゃ、虚仮《こけ》[四]が寝ぼけまなこで、夜中に起きて、いたずら鼠《ねずみ》を桝《ます》で伏せようと図るようなものじゃ。鼠はすばやく、おのれは鈍じゃ。そウろりそろりと抜き足差し足、桝を振りかぶって鼠を狙う――その格好が、何とか申した、それそれ、下世話[五]でいうへっぴり腰

一　徳川幕府。
二　命令。指揮。
三　可哀そうな。
四　おろかな人。
五　世間でよく口にする言葉や話。

とかいうおかしな格好をして、やッと叫んで桝をかぶせるまではおなぐさみであったが、さてかぶせた桝をそろそろと、すみの方から開けてみたれば、中はからっぽ！

助右衛門　（さきほどより、段々に話につられて、思わず、綱豊の「からっぽ」と同音に叫ぶ）や！

綱豊　はゝはゝゝ、からっぽなはずじゃ。吉良《きら》という悪鼠は、その時はもう、天井どころか、六百里も遠く逃げている。百里もはなれた米沢《よねざわ》という所まで逃げている。いや七出《で》羽《わ》の国米沢の城主、上杉綱憲《つなのり》十五万石の御隠居さまに化けて、八不《ふ》識庵《しきあん》謙信以来やしない来たった米沢侍にまもられて、暑うのう寒うのう、気楽隠居の日を送っている。（常には出さぬ激情をはじめて示し、叱咤《しった》するような声）どうじゃ痩《やせ》浪人！　九五万三千石の痩浪人！　一味の味方は五十か七十か知らぬが、その時一〇牙《きば》をかんで米沢城をにらんだところで、もはや時が遅いのだ。その時もはや夜は明けはなれて、空には阿呆《あほうが》烏《らす》が、カアカアと鳴いているのだ！

綱豊の激語のうち、助右衛門悲憤に耐えかね、一度はハラハラと落涙したが、前に畳に投げつけた煙管を拾いあげ、その柄《え》も折れよと握り

六　かならずしも百里と定められた距離を言うのではなく、遠く遠くはなれている所を言う。
七　出羽は今の山形、秋田両県の大部分。米沢は山形県にある上杉家の城下町。上杉家はもと秀吉のもとで会津百二十万石の大々名であったが、関ヶ原の戦いに西軍につき、領地を移されて三十万石に減らされ、更に上杉綱勝（つなかつ）急死、上野介長男が二歳で後をつぐに及んで十五万石に半減された。即ち当代城主綱憲（つなのり）は上野介の実子である。
八　上杉謙信。信仰心強く、頭を丸めて仏の道に入ってより不識庵謙信と号した。義俠に富む名将。
九　浅野家所領五万三千石、その家も滅びて今や禄からはなれた身をわざと侮蔑的に痩浪人と言う。しかし綱豊は本心より侮蔑しているのではなく、一種の愛情と、相手を挑発して本心を引き出そうとする心でこう言うのである。
一〇　はがみしてくやしがって。

しめ、ガタガタ震えながらも、ぐッと耐える。

綱豊は目ざとくそれを見つめている。

助右衛門　（やっとのことで沈着《おちつき》をとりもどし、冷静にかえり）ここはあなたさまの御殿うちにござります。なんなりと、好き放題のことをおっしゃっている方がよろしゅうござります。（と、強《し》いて苦笑いを作らんとす）

綱豊　何――？

助右衛門　（また不敵な面魂にかえりつつ）われらとて麹町《こうじまち》新五丁目には、借家ながらも三間《さんげん》に四間――畳十九畳の住居《すまい》がござります。

綱豊　（唐突の言葉に意味を解しかね）何だ、それは？

助右衛門　今あなた様のおそばにいる者は、ふだんからみなあなた様が結構に飯を食わしておく、御家来衆やら御《お》女中方にござります。何をたわけた、好き放題のことをおっしゃろうと、みなしか爪《つめ》らしゅうかしこまって、御もっともさまお道理さまと聞いている一――と申すことでござります。

綱豊　ああそのことか。そちなどもその麹町新何丁目とやらのわが家へ帰れば、家の中だけでは、好き勝手なことがいえるという意味なのか。

助右衛門　たとえ畳十九畳でもわれらの城郭、家に帰れば、これでも一軒の

一　道理であろうとなかろうと、おっしゃる通りでございますというように聞いている。

主《あるじ》、[二]竈《かまど》将軍にございます。女房子《にょうぼうこ》や、召使いの者を前に引きつけ、[三]塗《ぬり》盃《さかずき》を片手に、口から出放題、勝手なことをいいましても、みなハイハイと頭を下げて聞いておりましょう。

綱豊　うむ、なるほどそうじゃ。さだめてそんな時は、俺のことなども、勝手な批判が出るであろうな。

助右衛門　陰口には[四]公方《くぼう》さまのことさえいうと――、下世話には申します。なアにたかが甲府さま三十五万石くらいの陰口をたたく分には、[五]さのみ遠慮もいたしませぬ。のちのちともに御学問のために、随分おきかせ申しておきたいようなことも、いいかねませぬ。

綱豊　これは厳しい。いや、よくいった、はゝはゝゝ。

お喜世　（たまりかねて）兄《あに》さま――。（と立たんとする）

綱豊　これ、お喜世、余計な口は出すまい。

お喜世　はい。でも、あまりの[六]過言にございますゆえ……。

綱豊　いや、うっちゃっておけ。俺は快《こころよ》う聞いておるのだ。（助右衛門を見て）どうだその辺で、閾を越して、盃を貰う気になれぬか。

助右衛門　いや、まだまだこの閾からは、はいりますまい。お大名さまの悪《あく》口《こう》ぐらいに[七]しゃくられて、ノコノコとそちらへ這《は》いこむようでは、手前、

二　一家の主人のこと。一家のかまどを握っている、即ち生活の根源である、食べるという事実を一家の者に与えている、昔はその事を重いとして、思うさまにするを許したことをこう呼ぶのである。
三　美しく色を塗った盃。普通の盃よりやや贅沢なものであろう。ここでは意地と見栄でわざとこの語を使っている。
四　将軍さま。
五　それほど。
六　言葉がすぎて限度をこえること。
七　おだてられて。

これまで修業してきた、貧乏というやつがむだになります。

綱豊　こいつ、なかなか強情な、[一]骨の太い奴《やつ》じゃ。はゝはゝ。（また酒を酌《つ》がせながら）助右衛門、もしそち達の間に……目論見《もくろみ》ごとなどあらば、それは、そち達だけの目論見と思うては間違いであろうぞ。[二]竿《さお》の鳥を見て風向きを知るように、われらはそち達の動きによって、[三]天下武士道の興廃を察したいのだ。（声を落として）元禄ももはや十五年、世は泰平に慣れて、侍ごころ地に堕《お》ちた時、心ある者はみな、そち達の行動《うごき》に深く注意していることを忘れてはならぬぞ。

　助右衛門「また来たな」という顔つきにて、わざと空うそぶきいる。

綱豊　そち達に、何か深い企て事などあらば、俺はその邪魔を致しとうない。また、その邪魔を致しては、侍として俺の道が立たぬ。昔よりの[四]世話に、武士は相身互いというが、これは何も、金品をもって乏しき人を援《たす》けるという意味ではない。おのれの侍ごころをもって、人の侍ごころを立ててやるのが、武士相身互いの情というものだ。助右衛門、わかったか。そち達が本望遂げるというのは、同時にまた天下幾十万の武士が、その心を遂げ

一　根性がしっかりしていて、容易に人に屈しないこと。
二　竿の上に人工の鳥をつけたもの。鳥は風によってぐるぐる回るように出来ているので風向きが分かる。
三　日本における武士の道。
四　世の人の言いぐさ。世間でよく言う言葉。

ることにもなるのだ。

助右衛門　（次第に下がらんとする頭を無理に押し立て）お閑人《ひまじん》は、いろいろお閑な考えもなされましょう。

綱豊　（少し、むッとして）なら、内蔵助が昨年頃より、急にきわだって見ゆるあの放埒《ほうらつ》は、ありゃ何事だ。

助右衛門　山科の当人にお聞きなされませ。

綱豊　では問うが、内蔵助は昨年の暮頃、ひそかに江戸に下っているはずだ。その時の用事は何だ。何故《なにゆえ》に同志の浪人を集めた。いやさ、去年十二月大石内蔵助の東《あずま》下りは、なんのための下向《げこう》[五]なのだ！（とたたみかけて問う）

助右衛門　はい、はい、なるほど……、大石は下りました、去年十二月東に下りました。（いろいろ返辞を工夫しつつ）まだ、その頃までは、同志の者が集まって、吉良さまを目がけようなどと、寄り寄り[六]話もございましたが、それはその時の当座ばなし[七]……。今ではもう、大石などは跡形もなく忘れておりましょう。それを忘れずにいる内蔵助なら、われら家中一同もかほどに慨《なげ》きは致しますまい。

綱豊　（また少し語調を変え）しかし、大石内蔵助ともあろう者が、急に変わってあのような身持ち、阿呆遊び[八]はならぬ[九]ことと思う。

五　上方より江戸へ向かうこと。
六　時々。
七　その場限りの話。
八　おろかしい遊び。大石が遊里で酒色におぼれることを言う。
九　出来ない。

助右衛門　なるかならぬかは存じませぬが、やっているだけは真実でござります。あのようなたわけ者を、何かたくみの目論見のと、あまりお買いかぶりをなされぬ方がよろしかろうと存じます。

綱豊　しからば、そち達はいかがいたすのだ。ひとたび内蔵助と志を語り合《お》うたそち達が、内蔵助が変心せしとて、ともに忠義を捨てるのか。

助右衛門　[一]上々《うえうえ》がたには御覧なされたことがないかも知れませぬが、勝手道具のうちに桶《おけ》というものがござります。

綱豊　何。

助右衛門　箍《たが》がありゃこそ桶でござります。その一本の大事の箍が切れれば、みなバラバラに分かれて、一枚一枚の板ぎれでござります。一枚の板ぎれに水を汲《く》めとおっしゃっても、それゃ無理な御注文でござりましょう。

（と、悲痛なる表情のなかに、なかばセセラ笑って横を向く）

綱豊　さようか……。（失望そうに嘆息）が、わしはどうも……そうとは思われぬ。助右衛門、（と少し膝を進め）わしは一時の戯れ心からそちに訊《たず》ねているのではないぞ。少しく[二]義理に迷うところもあり、ぜひともそち達の、[三]思案の底を極めたいと思ったのだ。いうまいと覚悟しているそちの心《しん》底《てい》を、たって訊《き》こうとするのはこちらの無理と思うだろうが……、助右衛

一　身分の高い方々。
二　人間としてどうするのが正しいのか迷っている。
三　心の底で決心していることをしかと見てとりたい。

門、わしは今、そち達には頭をさげて頼んでも、その企てありと聞きたいのだ。密事[四]を明かせとはいわぬ、綱豊のために、行くべき道を示せというのだ。助右衛門、まだわからぬか、俺を見よ。俺の目を見よ。俺は、あっぱれわが国の義士として、そち達を信じたいのだ。

助右衛門、一語一語に迫り来る綱豊の言葉に、次第に頭さがり、ついにはその真情にうち負けんとする自分を、押さえて強《し》いて反抗的に顔を上げる。

助右衛門　恐れながら殿さまには、大石めが、いま放蕩《ほうとう》に身を持ちくずすゆえ、仇《あだ》討ちの企てがあるに相違ないと仰せあるのでござりまするか。それなれば私も、申し上げたいことがござります。（きッと綱豊の方を向き、座り直し、背を伸ばし、声をはげまし）それなればひとこと承りましょう。あなた様には、六代の[五]征夷大将軍《せいいたいしょうぐん》の職をお望みゆえ、それでわざと世を欺いて、[六]作り阿呆の真似をあそばすのでござりまするか！

綱豊　（思わず歯をかみ、顔面蒼白）何――！

お喜世　兄《あに》さま、覚悟！（バタバタと立って、助右衛門に躍りかからんとす

四　秘密のくわだて事。

五　幕府の最高位、将軍の職名。平安朝時代には蝦夷（えぞ）征討のために派遣された将軍の意味であったが、江戸期には蝦夷征討の意を失って、ただ武家の最高職として政権、兵権をにぎる人ということが強く残った。

六　事実は賢いのにおろかものの様子をみせること。綱豊が遊惰の外見をよそおうことを言う。

る）

綱豊　ええ、喜世、待て。止めるな！（ふるえながら、思わず背後なる刀《かたな》[一]掛《かけ》の佩刀《はかせ》[二]に手をのばす）

お喜世　重ね重ねの過言……、御《お》手討ちをまつまでもありませぬ。（懐剣に手をかけ、凄《すさ》まじき剣幕）

綱豊（顔を痙攣《けいれん》的に引きつらせながら）うう待て、待て！　助右衛門、あとが聞きたい。そのあとをいえ！（とジリジリとつめ寄る）

江島びっくりして、両の振袖《ふりそで》を佩刀の上にかけ「殿さま殿さま」と小声に哀願しながら、綱豊の目を見つめて、ワナワナと震えている。

お喜世　はア——。

お喜世、思わず声を立てて、綱豊と助右衛門とのちょうど真ん中あたりにて、泣き伏してしまう。

この頃、日はトップリと暮れて、室内は薄暗くなる。

一　刀をかけておく具。大ていは二段になっている。

二　身分の高い人がおびる刀を丁寧に言う語。

綱豊　（肩で呼吸《いき》しながら、苦しげにうめくように）助右衛門、あとをいわぬか。いえ、いえ！　それをいいかねるそちでもあるまい。

助右衛門　（もはや決心をさだめ、これも顔面蒼白となり、きッと綱豊の眸《ひとみ》を見つめたるまま）恐れながら、当代将軍家におかせられては、生来猜疑《さいぎ》のお心深く、[三]能《のう》をねたみ、[四]賢を疑い、諸家諸卿《しょけしょきょう》の評判よきを喜びたまわざる風があると承っております。

綱豊　何――。

助右衛門　[五]天和《てんな》以来、二十幾家の[六]潰《つぶ》れ大名を、一々に指折りて御覧なされませ。女道楽や[七]遊戯《ゆうげ》道楽に家の潰れたという大名は一軒もなく、お叱り受けて身を退く大名は、みな世上の評判よき家に限っております。それを察して貴方《あなた》さまには、かしこくも早くより、わざと御身《おんみ》を酒色に持ち崩し、人もなげなる[八]遊惰三昧《ざんまい》、これは、将軍家のお疑いを避けるための御方便と見るよりほかはないと――申し上げましたら、あなたのお心は痛みはしませぬか。御心中大事の傷所《きずしょ》を、助右衛門めに触られたと、心外には思《おぼ》し召しませぬか。

綱豊　（ふるえながら）ううむ……、ううむ……。

助右衛門　内蔵助の放蕩もまッその通りかと、助右衛門は存じております。

三　能力ある人。
四　賢い人。
五　江戸前期、霊元天皇朝の年号。
六　家がたえた、事実は幕府によってたえさせられた大名。
七　遊びたわむれること。
八　遊びにおぼれてだらしがなくなること。

彼は天性[一]本来の放埒者か、それともにまた、敵をあざむくための放埒なのか、それは、われらにもわからぬこと、いかにわたくしをお責めなされても、その点のお答えは、申し上げかねまする。いや、申し上ぐる限りであるまいと存じます。（決然としていい放つ）

綱豊　ふうむ……。（唇をかみ、うつむいてしばらく考えいる）

舞台次第に暗きなかに、お喜世のすすり泣く声、悲しげに断続する。

綱豊　（しばらく間《ま》ありて、突然カラカラと笑って）なるほどな、そのはずのことじゃ。綱豊の放埒なぞも、世間からは、そちのいうように見られるので、助かっているのだ。はゝはゝ。（機嫌を直し）助右、そのことはもう問うまい。仮にも大事の企てある者が、問われたところで答うるものではないのだ。はゝはゝ。ただしかし……、それについて困るのは、京都関白殿下よりの御催促だ。近衛《このえ》家においては、内蔵助をもとの被官に召しかかえられたい御一心から、しきりに我に迫って、浅野大学再興のことを、表向きわしより将軍家へ願い出るよう、今日《きょう》もきびしい御催促なのだ。

助右衛門　（狼狽《ろうばい》して）ええ、近衛関白さまより……？（思わずにじり出る）

一　生まれつき。

綱豊　関白殿下御《おん》思し召しの通り、めでたく浅野家再興のことがかなえば、たとえ汝《なんじ》らいかに思いつむればとて、もはや吉良家仇討ちはならぬことになるのじゃ。

助右衛門　は、はい……？（はじめて気がつき仰天する）

綱豊　大学頭《だいがくのかみ》再興は、はじめ大石内蔵助から諸役人の間まで願い出してあるのだ。おのれらより御公儀に対して、浅野家再興を願い出しておきながら、その片手にて仇討ちするとは、いかに田舎者のそちらとて、天下公論[二]の上よりも、これは決してならぬことだぞ。

助右衛門　は、はい……。

この時、津久井九太夫《つくいくだゆう》、正面の瓦燈口《がとうぐち》[三]をあけて静かに出で来たり、御前に平伏する。

綱豊　（九太夫を見て）おお、客はみな揃《そろ》ったか。

九太夫　吉良さま御《お》一方《ひとかた》はまだ、お見えなさいませんが……。

綱豊　うむ、よし、大書院[四]に待たせておけ。

九太夫　はい。

二　社会全体の公（おおやけ）の道理。
三　⇩用語集（かとうぐち）
四　大座敷。

九太夫、瓦燈口より去る。

助右衛門　(そわそわして落ちつかず) そ、それでは、いよいよ殿さまには……、関、関白殿下の御催促通り、公方《くぼう》さまに表立って御内願あそばすお心にてございますか。(という言葉も元気なくふるえている)

綱豊　(悠然として) 幸い明日《あす》は清揚院《せいよういん》さまの御命日だ。久方ぶりに登城して、直々《じきじき》将軍家へお願いするつもりだ。

助右衛門　(一膝ずつ乗り出し) はい、あの……その……。

綱豊　(また例のからかい心が起こって) 助右、どうかしたのか。

助右衛門　は、いえ、何……。(びっくりし元の席に戻る)

この間に、女中どもは、とっぷりと暮れし春の日に、[一]銀燭《ぎんしょく》まばゆき燭台を、廊下および部屋部屋に持ち運ぶ。ただし対面所の室内には遠慮して入らず。

綱豊　昨年の[二]内匠頭《たくみのかみ》政道については、内々《ないない》将軍家においても御後悔あそばさ

一　光り輝くともしび。
二　内匠頭の上野介への刃傷に際して、即日切腹、家名断絶を申しつけ、上野介はかまいなしとした幕府のやり方を言う。

れている時だ。五万三千石は無理でも、三、四万の小《こ》大名には、大学頭をお取り立て下さることであろう。

助右衛門　あ、もし……。

綱豊　（江島に）上杉がまいったそうだな。江島、刀を持て。（立ち上がり、また少しからかい気になって）助右衛門、必ず心配いたすまいぞ。そちなども、もとの二百石は無理でも、まず鶩を飼《こ》うて渡世するまでの苦労はなくなった。麴町新五丁目とやらの畳十九畳の城郭に早く戻って、女子供に話して聞かせて、安心させるがよいぞ。どれ、上杉が待っていよう。

助右衛門　あ、あ……。

綱豊　何か用か——。

助右衛門　（思わず、声立て）恐れながら、お閾を越えます。

助右衛門、バタバタと対面所の室内に走り入り、両手を畳につき、ジッと綱豊の顔を見上げて、[三]流涕《りゅうてい》滝の如く、ただ綱豊の目を見上ぐ。

綱豊　（さすがにその至情[四]にうたれて）何か用事か。

助右衛門　殿さま……。

三　涙を流すこと。
四　まごころ。

綱豊　ううむ。（じッと助右衛門を見下ろす）

綱豊の目と、助右衛門の見上げる目と、四ツの目、しばらく動かず、舞台暗きなかに、助右衛門の咽喉《のど》の底より洩れ出ずる細くむせび泣く声、次第に高くなる。

綱豊　助右衛門、忘れるな。わりゃ俺に、憎い口を利きおったぞ。はゝはゝ。（と笑いにまぎらし）喜世、その兄はちと酒が足りないようじゃ。ゆっくり飲ませておけ。

綱豊、江島に案内されて、大書院の方に去る。室内、一暗澹《あんたん》として、まったく暗し。暗黒の中に、お喜世も泣き、助右衛門も泣く。男女の泣き声、細く低くいつまでもつづく。

お喜世　（しばらくしてすり寄り、二絶望の極、むしろ常と変わらぬような穏やかな声にて）兄《あに》さま、助右衛門さま。

一　暗くて、静かなさま。
二　絶望があまりにきつすぎた結果。

助右衛門　お喜世どの……。

お喜世　助右衛門さま……。

助右衛門　お喜世どの……。

両人、また歔欷《きよき》[三]する。長き間《ま》。

やがて突然、女中五、六人、廊下をバタバタと書院の方より玄関の方に大廊下を駆け出しながら「吉良さまのお越しにござります」、「それ御案内はよいか」、「ぼんぼりを給《た》[四]も、お足もとを」、「吉良さまのお越しじゃ」など口々に呼ぶ女声のなかに、奥家老津久井の声などもまじりて聞こえ、廊下の方にはパッと燭光[五]かがやかしきまで照り映える。

助右衛門　お喜世どの。内蔵助どのにことづて頼む。もはや、のがれぬ[六]場合じゃ！（ガバと立ちて、さきほど入側のところに置きし我が脇差を取って、駆け出さんとする）

お喜世　これ、助右衛門さま。（びっくりして、後ろより追いすがり、抱きとめて引きもどす）こなた気が違《ちご》うたか。座敷近くはならぬ、隙見以上はならぬぞとおっしゃった、あの厳しいお言葉を忘れたのか。

三　すすり泣く。
四　くだされ。
五　ともしびの光。
六　知らぬ顔をして逃げさることが出来ない。危険なことでも大胆にやるよりほかない。

助右衛門　ええ、離して、離してくれ、明日《あす》[一]甲府公御登城あっては、殿[二]へのおそれ、世間の批判、もはや討つにも討たれぬ吉良上野《こうずけ》、見かけたところに討ち果たさねば、殿さまの御無念が去らぬ。

お喜世　いえ、助右衛門さま、それでは……それでは……もし御当家の御迷惑になったらなんとする。（と女ながらも一心に引きもどす）

助右衛門　ええ、それもこれも、みな忘れる時が来たのだ！　今ここで一念仕遂げずば、[三]怨敵《おんてき》吉良上野介は、畳の上で死ぬるのじゃ。離せ！

お喜世　いえ、離さぬ離さぬ。助右衛門さま、ほかに、ほかに分別[四]はないことか。いまこの御殿を血に染めては、いかなることにももったいない。分別があろう、知恵はないのか、助右衛門さま。

助右衛門　ええ、今となって何の分別！　こなたとて浅野御家《おいえ》に旧恩のある身ではないか。ええ止めるな、止めるな、仕留めさせてくれ。

この台辞《せりふ》の間、たがいに必死ともみ合う。

廊下の方には、またどっと女どもの笑い声涌《わ》き立って、手燭の光を前後に照らされながら、吉良上野介、正面奥の大廊下を、上手より下手に通りすぎる。

一　甲府家藩主、即ちこの家の主君綱豊のこと。
二　同じく綱豊のこと。
三　怨（うら）みのかたき。内匠頭が怨みをもって上野介に斬りつけ、そのため切腹となったことからこう言う。
四　よりよい仕方の工夫。ここでは無法無礼の度の少ない方法の思案。

助右衛門　お喜世どの、そなたもどうで[五]、のがれぬ命じゃ。浅野御家のために死んでくれ！（とお喜世をはねとばして駆け入らんとする）

お喜世　（また追いすがって）うむ、よいことがある。助右衛門どの、わたしも浅野に御恩のある身、あだに止めはいたしませぬ。見ン事[六]手引して、あなたに上野介どのを討たせましょう。

助右衛門　え、何――？

お喜世　今宵《こよい》[七]七ツの刻から、お客さま御馳走のため夜のお能が始まって、吉良さまも船弁慶[八]とやらのシテ[九]に出られる御様子……、そこをねらって討ち果たさば、御殿のうちも騒がさず、お客さま方への怪我《けが》もあるまい。どうか一《い》ッ時《とき》、その時まで、助右衛門さま……。

助右衛門　お喜世どの、見事そなたは、その時の手引をして下さるか。

お喜世　あい、あたくしもどうで……、あとの覚悟は致しております。

助右衛門　ううむ。

この時通りすぎたる女中らの笑う声、またどっとにぎやかにきこえる。お喜世と助右衛門、きッと眼を合わせ、互いに覚悟の体《てい》にて……

五　どうせ。どんなにもがいてみても。
六　見事。昂奮の中でやや力をこめて言う。
七　今の午後四時頃。
八　お能の重要演目のひとつ。源義経と静御前の別れ、及び平知盛の怨霊を弁慶が祈りふせて鎮（しず）めることを描いている。
九　お能の一篇における主役。

——幕——

二

御浜御殿のうち、[一]追回し馬場の脇なる馬見所《ばけんじょ》につづくお能舞台の背面。

時は前場と同じ日の夜、夜はやや深《ふ》けている。

舞台の正面奥には能舞台の鏡の間《ま》[二]辺の背面を立木の間より見する。[三]白《しら》木《き》板羽目《いたばめ》づくり。

下手の方には[四]回り縁つきの小座敷の半分見え、その縁側よりお能舞台の楽屋口に通ずる仮廊下を設けてある。この小座敷は、今日《きょう》臨時に出演者の楽屋となったものである。

その前方舞台は一面の広庭にて、今を盛りと咲きみだれる桜の並木一面に立ち、その間の小径《こみち》を縫うて馬場の方に通ずる。[五]泉石などよろしく配置して、上手の方に多少の物陰を作る。桜の木立の間には、絹張りの雪洞《ぼんぼり》そこここに立つ。

お能の船弁慶はすでにはじまりて、その[六]中入《なかい》り前に近き頃である。謡

一　馬場の中央に一筋の土手をつくり、その両端をくぐれるようにして、騎者が馬場を回れるようにしたもの。
二　お能の舞台で、演者が出てくる幕のすぐ内側に鏡をおいて、面をつけ、気持ちを統一するための部屋。
三　皮をはいで白くけずったままで、何も塗らない木で板ばりにしたもの。
四　建物の周囲にめぐらした縁側。
五　泉水と庭石。
六　お能で、前後二場ある、前の一場が終わり、前ジテその他の演者が退くこと。
七　お能の主役が、拍子に合わせないで単純に言い流す一節。
八　中国越の国の上級官吏であったが、官を退いて陶という地に住み、朱と号したので陶朱と呼ぶ。世に言う范蠡（はんれい）の別名で、越王勾践への忠節で知られる。
九　中国春秋の越王。父の代より呉（ご）と争い、父の死後呉のとらわれの身となったが、范蠡に助けられ、薪（たきぎ）の上に寝、肝（きも）をなめて復讐を誓い、遂に呉を討滅して復讐をとげた。
一〇　お能で、役者が言うのではなく、脇の謡（うたい）専門の人が

の声、お囃子の音《ね》、はじめは明瞭にきこゆる。

[七]シテサシ　〽伝え聞く[八]陶朱公《とうしゅこう》は[九]勾践《こうせん》をともない。

地[一〇]　〽[一一]会稽山《かいけいざん》にこもりいて、種々の智略をめぐらし、ついに[一二]呉王《ごおう》を亡ぼして、勾践の本意を、達すとかや。

[一三]クセ　〽しかるに勾践は[一四]二度《ふたたび》代を取り[一五]会稽の恥は雪《そそ》ぎしも、陶朱[一六]功を成すとかや。されば[一七]越《えつ》の臣下にて、政《まつりごと》を身に任せ、[一八]功名富み貴く、[一九]心の如くなるべきを、功成り名遂げて身退くは[二〇]天の道と心得て、小船に棹《さお》さして五湖の、[二一]遠島をたのしむ。

シテ　〽かかる例《ためし》[二二]有明《ありあけ》の。

地　〽[二三]月の都をふりすてて、[二四]西海《さいかい》の波濤《はとう》に赴き御身《おんみ》の[二五]科《とが》のなきよしを、歎き給わば[二六]頼朝《よりとも》も、ついにはなびく[二七]青柳《あおやぎ》の、[二八]枝を連ぬる[二九]御契《おんちぎり》、[三〇]などかは[三一]朽ちし果つべき。

上手奥の暗きところより、物陰に身をひそめながら、富森助右衛門、[三二]皆朱《かいしゅ》の槍《やり》をひっさげ、身仕度[三三]甲斐甲斐《かいがい》しく、決死の面持ちにて、能舞台の方に忍び寄る。

謡い、または語る部分。
一一　越王勾践が呉王夫差に降伏し、多大の屈辱をなめた所。苦心の後呉王を滅ぼして恥をそそいだことから、会稽の恥の語が生まれる。
一二　越王勾践を破ってとらえ、後越王に滅ぼされた呉王夫差のこと。
一三　お能で、一曲の中心部分とされ、劇として大切な内容が、拍子をとって地謡によって謡われる。
一四　いったんとらわれの身となり事実の王ではなくなったが、もり返して王となり自ら治世に当たったことを言う。
一五　会稽山で呉王に降伏してとらわれた恥辱のこと。
一六　陶朱の功労による。陶朱のおかげである。
一七　陶朱が越王の家臣であること。
一八　功績名誉は大きく高く。
一九　思いのままに出来るはずなのに。
二〇　天の意思に従う道。
二一　遠くはなれた島に退くこと。
二二　ためしもあると、ありあけにかけている。月も出ている夜明け方の。
二三　一国の帝都を美しく言う。ここでは言葉のあやが主。
二四　西国地方の海。源義経が平家追討の最後の場としておもむいた屋島、壇の浦などの海域をさす。

この時、能舞台にては演奏能楽の前半を終わりたりと見え、観客のどよめき、やんやの声などきこえ、扮装《ふんそう》人物一人、仮廊下を渡りて、楽屋の方に帰る。

楽屋の小座敷よりは、腰元ども大勢出でてその帰りを迎える。

助右衛門、地を這《は》って次第に小座敷の方へ忍び寄る。

ややありて、[一]後《あと》シテ [二]平知盛《たいらのとももり》の幽霊に扮したる綱豊、楽屋を出て来る。実はこの役は、今宵《こよい》吉良上野介が演ずべきはずなりしが、仔細ありて急に、綱豊が演ずることになったのである。その扮装は例の通りゆえ、ここに詳しく説明するまでもなけれど、面[三]三日月、[四]黒頭《くろがしら》、[五]鍬形《くわがた》、[六]黒地金緞《きんどん》の鉢巻、着付けは[七]無垢《むく》の[八]厚板唐織《からおり》、[九]半切《はんぎり》、[一〇]法被《はっぴ》、[一一]繡紋《しゅうもん》の腰帯、太刀、長刀《なぎなた》等。

男女数名、あかりを持ちて綱豊を送り来たる。

綱豊、仮廊下のほとりまで来て、何か思うことあるものの如く、奥庭の桜を透かして、何やらしばらくうかがう体《てい》である。（ただし仮面を

〔前頁注続き〕

二五　あやまち。とがめられるような行為。

二六　源義経の兄。源氏の頭領で、鎌倉幕府の創設者。彼にとって最大の功労者である弟義経を疑いからいびり殺したと伝統的にされているが、最近では頼朝にもそれだけの理由があるとする説も多い。

二七　柳の葉が茂って青々したさま。

二八　枝が木の幹を通じてつながるように兄弟がつながっていることを言う。

二九　兄弟の結びつき。

三〇　どうして。何の理由あって。

三一　なくなってしまうことがあろうか。そんなことのあろうはずはないのだ。

三二　漆塗のひとつ。全部朱色に塗ったもの。

三三　はりがあって気力にみちているさま。

一　お能の一篇で、後半の主役。

二　平清盛の子。重盛の弟。壇の浦で義経と戦い、「見るべき程の事は見た」と悲痛な言葉を発して入水（じゅすい）自害した。

三　能面のひとつで、妖気のある男性の幽霊面。裏に三日月形の痕

かけたるゆえ、観客はそれを吉良上野介と思っている）やがて綱豊は、付き来たりし女どもに手振りにて立ち去れと命ずる。女ども躊躇《ちゅうちょ》して立ち去らず。

綱豊、カッとして足踏み、叱る。女ども立ち去る。

綱豊、仮廊下の前に来たり、立ち、姿勢をととのえる。深呼吸をなし、能楽出演者の厳粛なる態度となりて、ゆるやかに一歩を仮廊下に移さんとする時、助右衛門、逸《はや》りきって第一の槍を突き出す。綱豊あやうくもその槍を避け、助右衛門なることを見定め、また仮廊下に第二歩を踏まんとする時、助右衛門また鋭く第二の槍を突き出す。綱豊、あやうくもまた、これを避く。

助右衛門あせって、間近に近寄り、槍を動かさんとす。綱豊これを避けて庭に下り、次第に立[一二]ちまわり模様となる。

元来は武術の心得ある綱豊なれども、助右衛門はただ決死の一念、た[一三]だ突きに突きかかれば、綱豊はしばしばあやうくなる。そのうち、立ちまわりの拍子にて、綱豊の面はずれて、その顔見ゆる。

助右衛門、綱豊と知りてびっくり仰天、槍を引いて逃げ出《い》ださんとする。綱豊、助右衛門の襟髪をつかみ、引きもどす。

（あと）のある面から出た名。
四　黒色の、お能の作り髪。
五　鍬（くわ）形をした、兜（かぶと）の前に立てるもの。
六　黒地に金箔をちらした高度な絹織物。
七　模様のない。
八　地の厚い唐様の織物で出来た表着（おもてぎ）。能では最も豪華な着付けとされる。板とあるのは中国から渡来した際元の形が板に織物をまきつけてあったからこう言うので、江戸期以後は板は使われていない。
九　能装束のひとつで、色地または白地に金の織模様があり、下半身をおおう袷（あわせ）ようのもの。
一〇　同じく能の着付けで、胸紐（むねひも）なく、袖の広い上着。
一一　色糸でぬって紋の模様をほどこした帯（おび）。
一二　⇨用語集（たて）
一三　めったやたらと突きまくること。

綱豊　（小声ながらも[一]凛然《りんぜん》と）無礼者！

助右衛門　（ガタガタ総身をふるわしながら）不調法、御免！

綱豊　卑怯な、逃げるか！

助右衛門　お見のがし、お見のがし……。（ただ哀願して、その場を逃れ去らんとするのみ）

綱豊　や、見慣れぬ槍じゃが……。（皆朱《かいしゅ》の槍を見る）

助右衛門　混雑にまぎれ、御《お》玄関前にて、上杉さまお供先の油断を見すまして……。

綱豊　吉良を刺す気か！

助右衛門　むむ……。

綱豊　[二]大だわけ者！（[三]大喝一声）内蔵助はじめ、一味同志の者どもまで、一同進退に迷わせる気か！

助右衛門　（焦慮のあまり我を忘れて）お見のがし下されずば、不本意ながら、貴方様《あなた》も……。

綱豊　気違いめ！　俺をも討つ気か！

助右衛門　むむ、槍先に立つ者は、もはや[四]誰かれの用捨《ようしゃ》はない。

一　りりしく力強く。
二　とんでもないおろか者。
三　大声で叱りつけること。
四　相手が誰であろうと遠慮はしない。
五　綱豊はこの時平知盛に扮しているのであるから、長刀（なぎなた）の柄（え）が正しいが、あるいは舞台上の必要からより軽い何かの物を持たせているとも考えられる。
六　顔面（がんめん）。普通は顔つきの意であるが、ここでは顔そのものの意。
七　いきおいよく、ぴしりと。
八　お能で、主役の相手をする人の台詞（せりふ）。ここでは弁慶の言葉。
九　大変だ。困ったことだ。
一〇　武庫山は今の兵庫県にある山。その山地より吹きおろす風。
一一　弓絃羽は羽（はね）のついた矢を弓のつるにつがえて射はなす時に弓にすれるその羽を言うが、ここではその名を冠した実在の山名。
一二　お能で、主役の相手役のそのまた助演者。
一三　どうだ。なんと。
一四　海上にあらわれる妖怪。海の幽霊。

綱豊　無礼者め！（手に持てる[五]持ち物にて、助右衛門の[六]面体《めんてい》を[七]発止《はっし》と打つ）

助右衛門　（目をつぶって）御免！（はげしく槍を突き出す）

両人、立ちまわりとなる。この立ちまわりの間に、能舞台の方よりは次の文句聞こえ来る。

[八]ワキ詞　〽あら[九]笑止や風が変わって候。あの[一〇]武庫山颪《むこやまおろし》[一一]弓絃羽《ゆずりは》が嶽《たけ》より吹きおろす嵐《あらし》に、この御舟《おふね》の陸地《ろくじ》に着くべき様もなし、皆々心中に御祈念候え。

[一二]ワキツレ　〽[一三]いかに武蔵殿。この御舟には[一四]あやかしが憑《つ》いて候。

ワキ　〽ああしばらく。さようの事をば船中にては申さぬ事にて候。[一五]シカジカ あら不思議や海上を見れば、[一六]西国《さいこく》にて亡びし平家の一門、おのおの浮かみ出でたるぞや。かかる[一七]詞時節を伺いて、[一八]恨《うらみ》をなすも[一九]理《ことわり》なり。

[二〇]子方　〽いかに弁慶。

ワキ　〽御前《ごぜん》に候。

[二一]判官　〽いまさら驚くべからず、たとい悪霊《あくりょう》恨をなすとも、[二二]そも何事のあるべきぞ。[二三]悪逆無道のその積もり。[二四]神明仏陀《しんめいぶつだ》の[二五]冥感《みょうかん》に背き、[二六]天命に沈みし[二七]平氏の一類。

一五　お能の原脚本にはもっと文句があるのだが、上演に際して省略した部分を言う。
一六　屋島、壇の浦などを中心にした西国地方。
一七　節のついていない台詞。
一八　源氏に滅ぼされた平家方の恨み。それを晴らそうとすること。
一九　道理である。人情としてもっともである。
二〇　子供のする役。
二一　源義経のこと。検非違使（けびいし）（今の裁判官兼警察官の長）の補佐役を判官（ほうがん）と言い、これを宮中より任じられていたことから義経のことをこう言う。
二二　一体。だからといって何事かあるのが当然だというのか、そんな道理はないと言っている。
二三　道にさからったひどい悪事。清盛を中心にした平家方の行為を言う。
二四　神や仏。
二五　神仏の人間に利益を垂れようとする優しい心。平家の悪業はそれにもさからうと言う。
二六　天の意思による当然の運命。
二七　平家の親類一門。

これと同時に舞台は次第に半回[一]しとなり、道具回るにつれて、さきの小座敷および能舞台背面は下手奥に隠れ、舞台は追回し馬場に近き、桜の立木の中となる。

助右衛門は、なおもはげしく槍を突きかくれど、何分にも立木の間ゆえ、木立にさまたげられて槍の自由きかず、槍の柄は時々桜の幹を打つ。そのため無惨[二]の落花、雨の如く、雪の如し。富森、あせりにあせって槍を振るいしが、やがてガラリと大地に槍を投げ捨て、刀を抜いて綱豊に斬りかかる。

綱豊　うろたえたか助右衛門！

助右衛門　（ガチガチ歯をかんで）何何何——？

綱豊　二年この方辛労して、一味の者が企てている仇討ちというのは、ただ吉良上野介の命さえとれば、それでよいと申すのか。

助右衛門　何——！

綱豊　上野介の手足を斬って、彼の命を奪うのみが、そち達の願っている復讐なのか。

一　回り舞台が半分回ること。

二　痛ましく、可哀そうな。花に心があると見て、無数のおびただしい落花をこう言う。

助右衛門　（はじめて綱豊の言葉が耳に入り）ええ――。（と棒立ちになる）

綱豊　助右衛門。そちも多少は[三]聖賢の書を読んだ者であろう。[四]学んで思わざれば即《すなわ》ち罔《くら》しという。聖賢の言葉をどこに聞いた。

助右衛門　（ぎょッとして）むむ……。

綱豊　（その隙《すき》に乗じて躍りかかり、助右衛門の襟髪をグッと引きつかみ）[五]古人の言に、[六]義の義とすべきはその発するところにありて、その終わるところにあらずという、この金言を何と思う。いかに[七]不学の田舎侍でも、それほどの[八]義理をも弁《わきま》えず、かかる[九]大義を企てるとは、身のほど知らぬ大だわけだ！

助右衛門　（綱豊の拳《こぶし》に引き寄せられながら）ううむ、ううむ……。

綱豊　（少しく語気を和らげて）助右衛門、[一〇]男子義によって立つとは、その思い立ちのやむにやまれぬところにあるのだぞ。義の義とすべきはその起こるところにあり、決してその仕遂げるところにあるのではない。吉良の生首を、泉岳寺の墓前に捧げさえすれば、内匠頭の無念、内匠頭の鬱憤《うっぷん》はそれで晴れると思うのか。そち達にして義理を踏み、正義をつくす[一一]誠あらば、たとえ不倖にして上野介を討ち洩らしても、そち達の[一二]義心鉄腸は、決してそれに傷つけられるものではない。そち達の今はただ、[一三]全心の誠を尽

三　徳の高い人と知恵のすぐれた人の書物。ここでは論語をはじめ儒家の教典。
四　書物を読んでも自分で考えなければ物事の道理がわからない。
五　昔の人。
六　人間の行うべき正しい道。その正しい道が正しい道だとされるのは、それをま心から実行しようとする出発点の誠実さにあるのであって、結果としてうまく行くかどうかは問題ではないと言う。
七　正しい学問を身につけていないこと。
八　物事の道理不道理についての正しい判断。
九　道義にかなったスケールの大きい行為。
一〇　男子がこれこそ正義だと考えて困難な事業に起（た）ち上がること。
一一　誠実心。まごころからの決意。
一二　正義忠義の心と固くくじけない精神。
一三　ある限りのま心。

くして、思慮と判断と知恵との全力を尽くすべき時なのだ。思慮を欠き、判断に欠くるところあらば、たとえ上野介の首打っても、それは天下義人[一]の復讐とはいわれぬのだ。何故《なぜ》何故何故、おのれ、たとえ吉良上野介を討ちそこなったような場合でも、みずから顧みて、疚《やま》しとも口惜《くちお》しとも思わぬほどの仇討ちをしようとは企てないのだ？（と、助右衛門をこづきまわす）

助右衛門　むむ……。（ただ唸《うな》る）

綱豊（語調を改め）最前おれが、内蔵助にただ一つの誤りがあるというたのがここなのだ。たとえものの行きがかりにもせよ、浅野大学頭の再興を公儀へ願い出たは、いかにしてもそちらの誤り、また内蔵助の誤りだ。右《め》手《て》に浅野家再興を願い出でながら、その左の手にて上野介を斬ろうとは、ただに公儀に対してはばかりあるのみならず、そは天下の大義をもてあそんで、天下の公道[二]を誤るというものだ。

助右衛門、すすり泣きして声を立てる。

綱豊　そこはさすがに内蔵助だ。（穏やかな口調にかえり）彼が今日《こんにち》[三]島原伏

一　日本国中、世の中全体からそれと認められるような正義の人。
二　社会全体の中での公正な道。
三　島原、伏見、いずれも今の京都市内にある遊郭で知られた地。

見の遊里に浮かれ歩くのは、そち達の目から見れば、あるいは吉良を油断させようための計略などと思おうが……俺の目にはそうは見ない。（と頭をふり、やや涙を目にうかべて）彼は今、時[四]の拍子に願い出た、浅野大学再興に……その心を苦しめながら、あやまって手から離した征矢《そや》[五]の行方を、さびしくじッと眺めているのだ。この内蔵助の悲しい心を、さびしい心を……そち達不学者には察し得られることではないのだ。（一滴落涙）助右衛門、吉良は寿命の上、らくらくと畳の上で死んでも、汝ら一同が思慮と判断の限りを尽くして、大義、条理[六]の上にあやまちさえなくば、なアにあんな……ゴマ塩まじりの汚い白髪《しらが》首《くび》など、斬ったところで何になる、そなえたところで何になる。まこと義人の復讐とは、吉良の身に迫るまでに、汝らの本分[七]をつくし、至誠[八]を致すことが、真に立派なる復讐といい得るのだ。

助右衛門　むむ……。

綱豊　助右衛門、そちには、この道理がわからぬか。

助右衛門　（ベタベタと座って、大地に崩れ、両手をつき）恐れ入りました。

（平伏、大声立てて泣く）

四　その時の成り行きでふと願い出た。大石は城明け渡しの際、幕府の上使や目付け達に対して、一つには浅野家中の者の気をなだめるために、浅野大学による浅野家再興を願い出した、その事をさす。

五　戦闘に用いる矢。狩りの際、または習練として的を射る時の矢に対して、実戦での矢を言う。

六　物事の正しい筋道。

七　自分がなすべき一番大切な事。

八　この上もないま心を出し切ること。

この時、津久井九太夫、江島その他、雪洞《ぼんぼり》を持ち、綱豊を迎えに来る。

江島　おお、殿さまは、こちらにおいで遊ばします。

九太夫　おお、上《うえ》さま。囃し方一同は手をとめて、あっけにとられながら御《お》役者の出を待っております。

綱豊（微笑）おお、そうであった。わしの出であった。舞台の者に間《ま》を欠かせて、それは気の毒であった。すぐ出る、囃子を直せ。

女中の一人、楽屋の方にこの旨を知らすために、走り去る。

九太夫（綱豊に近寄り、はじめて助右衛門を見て、大業に叫ぶ）やや、これはしたり[一]、狼籍者《ろうぜきもの》[二]！

女中らもまた雪洞をかざして見て、どよめき騒ぐ。

綱豊　九太夫、騒ぐな。女どもも鎮《しず》まって、必ず客たちには知らすまいぞ。（江島を見て）ここにしたたか酒に食らい酔って、道に踏み迷うている奴

一　何事だ。何ということだ。眼の前の事実がけしからぬことを言う。

二　無法者、無礼者。無茶を働いて他をおかす者を言う。

がある。江島、そちにいいつける。門前まで担ぎ出し、阿呆払い[三]とやらに追ッ帰してやれ。

江島　（早くもその真意を察して）は、かしこまりました。

この時、舞台は平知盛の出となり、早笛《はやぶえ》[四]の一声《いっせい》[五]するどく聞こえて来る。

綱豊　おお、知盛の出じゃ。

綱豊、悠然として姿勢をととのえ、また能役者の威厳をつくりて、一歩踏み出さんとする時……

——静かに幕——

三　江戸時代の刑罰のひとつで、武士ならば両刀をとりあげ、また裸にして追放する。しかしここでは、何等かの刑を加えなくては格好がつかないのでこういうだけで、現実には刀をとりあげも、裸にもしないのである。

四　お能で、竜神、鬼などが出る時に用いる、急調子の囃子（はやし）の曲。平知盛はすでに死んだ人であり、その幽霊が出るのでこの笛の調子を使う。

五　お能の囃子事のひとつで、登場の際の笛の短い音（ね）。

巷談宵宮雨《こうだんよみやのあめ》

元妙蓮寺《みようれんじ》住職　竜達《りゆうたつ》
虎鰒《とらふぐ》の太十《たじゆう》
太十女房　おいち
竜達娘　おとら
早桶屋《はやおけや》　徳兵衛《とくべえ》
徳兵衛女房　おとま
鼠《ねずみ》取り薬売り　勝蔵《かつぞう》
桂庵婆《けいあんばばあ》　おきち
その他

第一幕

(一)

[一]深川黒江町《くろえちょう》寺門前、[二]遊び人太十の住居。[三]二重の[四]世話家体、二間《ふたま》つづきにて、[五]上手《かみて》[六]小間《こま》、[七]下手《しもて》の間《ま》崩れたる[八]鼠壁、仲仕切《なかじき》りのある押入れ、すべて薄汚き造作、下手の方小広き土間、その奥台所、[九]一ツ竈《べっつい》[一〇]置流し手桶《ておけ》[一一]米揚笊《こめあげざる》台所道具[一二]よろしく、入り口の醤油《しょうゆ》樽《だる》に[一三]樒《しきみ》がつっこんである。上のかたに夕顔棚。下の方井戸、柳の立木、うしろ卒塔婆《そとば》のまじりたる生垣《いけがき》、五輪の塔見ゆ。文政或年《あるとし》八月十三日の七ツ（四時）近く。

ト油蟬《あぶらぜみ》に木魚の音をあしらい幕あくと、上手小間に屏風《びょうぶ》立ててあり、このうちに竜達が寝ている。入りくちの間《ま》に太十女房おいち（三十

一　現江東区福住一丁目、永代二丁目、門前仲町一丁目にまたがる旧町名。かつて黒江川と称する入堀があり、それに沿っての町家地であったため、複雑な地形の町となっていた。昭和六年に改称。

二　定職を持たず遊び暮らす人、転じて博奕（ばくち）打ちのごろつき。

三　⇩用語集

四　世話物に用いられる建築物を意味する大道具用語で、歌舞伎の定式道具の一。ここでは写実性の強い、常足（つねあし、一尺四寸（約四二センチ）高）の二重をさす。

五　⇩用語集

六　小さな部屋。

七　⇩用語集（上手・下手）

八　鼠色に塗られた壁。

九　火床を一個のみ備えたかまど。貧家で用いる。

一〇　板の間などに据えつけた流し台。

一一　といだ米を水から揚げ、米を水からきるため用いる笊。

一二　⇩用語集

一三　シキミ科常緑小高木、仏前に供える。この家に隣接する寺の参詣人に、片手間に売るための物。

七）えぼじり巻[一]、塩たれたる[二]装《なり》にて祭礼の揃《そろ》い[三]を仕立てている。桂庵[四]婆おきち（六十）上がり口に腰かけて話している。

おきち　太十さんが帰ったら、そう仰《おっ》しゃって下さいよ。

おいち　あいつの愚図は何も此方《こっち》のせいじゃないからねえ。もともと無理な話なのさ。まだお前さんあの娘《こ》は十五、それに、人一倍、ねんねえ[五]なんだから。

ト始終小間の方に気をかねて話している。おきちは胡散臭《うさん》[六]そうにじろじろ奥の方に眼をやりながら、

おきち　今更そんなことを言って、のんきな顔をしていられちゃア困るねえ。大丈夫お役に立ちますからと、太鼓判[七]を捺《お》したのはどなたでしたえ。

おいち　それア捺すにはおしましたが、小娘の扱い方を久庵《きゅうあん》さんが知らないから、こんなことになりますのさ。久庵さんは評判《なうて》の藪《やぶ》医者、そこらあたりの匙《さじ》加減[八]も、お上手じゃアないんだねえ。

おきち　それじゃア何かえ、おとらさんの逃げたのは、久庵さんのせえだと

一　疣雀巻（いぼじりまき）、女の髪型の一、もと昆虫のカマキリ（イモジリ）に似た髷（まげ）の形からの呼称という。ぐるぐる髪。
二　世帯じみ、みすぼらしげなさま。
三　揃え衣裳。
四　男女奉公人の口入れ（仲介・周旋）を業とする者。慶安・けいわんとも。
五　幼児、おぼこ。
六　疑わしげに。
七　太鼓のように大きな判、転じて確かな保証。
八　薬物を調合する手かげん。

言うのかえ。

おいち　まあ大きな声だねえ。

おきち　大きな声も出したくならアね。

おいち　この前逃げて帰った時、二度とここの敷居を跨《また》がないように、小ッぴどくいためつけてやったから、まさかに今度は家《うち》へも来《こ》まいが、来たらよくよく[9]性根《しょうね》をつけて帰してやるから安心なさいよ。

おきち　私《あたし》もとんだ人を世話をしたと今じゃア後悔しているんですよ。月に一度はこの騒ぎ、その度ごと久庵さんには怒られるし——また久庵さんが年甲斐《としがい》もなく、もうあの娘《こ》に夢中で、まるっきり気狂沙汰《きちがいざた》さ。ひょッとあの子が思いつめたことでもして、こいつが[10]表沙汰になったひにゃア、久庵さんの名前も出るし、仲へ入った私《あたし》だって只《ただ》じゃア済まされない事になるから、そればっかりが気がかりでねえ。

おいち　取越し苦労にも程があるよ。とに角、ほかをたずねて御覧なさい。わたしも一緒に探していられるといいんだが、[11]明後日《あさって》がお祭りで、この通り仕事をせかれていますから、うちの人が帰ったら心あたりをさがさせるよ。

おきち　[12]仲町《なかちょう》の材木屋へ幼馴染《おさななじ》みの娘《こ》が奉公しているそうで、よくたずねて

九　しっかりさせて。
一〇　公然と知れわたること、または訴訟事件となること。
一一　八月十五日、深川富岡八幡宮の祭礼。
一二　永代寺門前仲町（現江東区門前仲町一丁目）。

行くというから、そこへでも行って聞いてみよう。（ト腰をあげ）ほんとに来ちゃアいないのかえ。（ト奥をのぞく）

おいち　疑《うたぐ》り深い人だねえ。先刻《さっき》もいう通り、今朝《けさ》上州[一]からきたお客人が旅の疲れで寝ているんですよ。ソラ、あの鼾《いびき》を聞いて御覧な。

おきち　成程大きな鼾だこと。とんだお邪魔をしましたね。太十さんが帰ったら、

おいち　よくそう言って置きますよ。

おきち　この照りつけるのに、ああ、いやだいやだ。

おいち　ほんに毎度御苦労様。

トおきち、下手へ這入《はい》る。木魚の音、油蝉の声、おいちは仕立物《しごと》[二]をつづける。竜達、大鼾をかき寝ている。花道[三]より太十（四十）頬冠《ほおかむ》り、魚籠《びく》をさげ釣り道具をかつぎ出て来る。

太十　今帰った。（トうちへ這入り、魚籠を土間に置く）見[四]や、ごうぎ[五]に鯰《なまず》がとれた。

おいち　どれどれ。（ト土間に下りて魚籠をのぞく）

一　上野国（こうずけのくに）の別称、現在の群馬県。
二　賃仕事を意味する人仕事の略語としての仕事、裁縫。
三　⇨用語集
四　見なさい。「…や」は助動詞「やる」の命令形「…やれ」の略で、対等もしくは目下の者への指示に用いる。
五　ていどのはなはだしいさま、強気・豪気などと表記する。

太十　伯父さんは、
おいち　まだ寝ているよ。
太十　（蚊帳の方を見て）雷が石臼《いしうす》にうなされるような鼾だ。
おいち　お前、どうするつもりだよ。
太十　何を。
おいち　伯父さんをさ。私《あたし》ア厭《いや》だよ、食うや食わずのさなかへ。
太十　精々面倒を見て置けよ、そのうち屹度《きっと》いい事がある。
おいち　[六]晒者《さらしもの》の[七]ひってんを世話アしたって無駄な事だよ。
太十　それが素人了簡《しろうとりょうけん》だ。金は屹度持っていると己《おら》アこの眼で睨《にら》んでいるのだ、[八]いけっ太《ぷて》えあの[九]坊主《ずくにゅう》が金を持ってねえ筈《はず》はねえのだ。
おいち　そうか知らねえ。
太十　何ぼ[一〇]吝《しみ》ったれの[一一]業突張《ごうつくばり》でも、こうした時に受けた世話は、しんから身にしみるものだから、少しはまとめて出すだろう。
おいち　そう願えりゃア有難いが、まとめて出す顔じゃアないからね。
太十　今度は別だ。まあ、そう思って世話をしろ。
おいち　あいよ。それからね、おとらの奴《やっ》がまた逃げ出したとさ。
太十　そいつアいけねえ。ここへくると困るな。

六　晒の刑にあった者。晒は僧侶等に対する刑罰で、罪人が見せしめのため、罪科を記した高札とともに三日間を限度としてさらし場においてさらされた。晒の期間中は牢内預けとなり、夕七つ（四時頃）になると牢内に帰り、朝五つ（八時頃）にはまたさらされる。
七　文無しのこと。もとは劇界の隠語。
八　「いけ」は強調の接頭語、いやに図々しい、横着な。
九　みみずく入道の略、坊主頭の人を罵っていう語。タコ坊主の類。
一〇　けちん坊。
一一　貪欲な者を罵っていう語。

おいち　此間《こないだ》あれだけひどいめにあわせておいたから、大丈夫くる気遣いはないと思うけれど、お前が陰で突[一]っついたのじゃアないのかえ。

太十　お株《かぶ》[二]を始めやアがった。

おいち　きかないよ、ほんとの事をお言い。（ト抓《つね》る）

太十　いい加減にしろ。

ト太十は勝手へ這入り水をつかう。おいちは魚籠をのぞいている。屏風のうちで竜達が大きな欠伸《あくび》をする。

おいち　（座敷へ上がり）眼がさめたかえ。

ト竜達（六十）月代《さかやき》[三]の延びたる坊主頭、大兵《だいひょう》[四]な脂ぎりたる老人、浴衣の胸をはだけ起き出してくる。

竜達　ああ、よくねた。（トそこへあぐらをかく）

太十　（座敷へあがり）もうちッと寝ていなさりゃアいいのに。まだ寝たりねえ顔だ。（トあぐらをかき煙草を喫《の》む）

一　軽く突く、転じて（性的な意味あいで）ちょっかいをかける。
二　いつもの癖。ここではやきもちをさす。
三　額から頭頂へかけての部分をいい、成人男子はこの部分を剃ったが、竜達は僧侶あがりの老人なので、坊主頭の毛髪が伸びた心で、頭部全体がやや禿げぎみの白髪で演ずる。
四　大柄でたくましい体つきのさま。

竜達　何、半日ねりゃア沢山だ。ああ、生き返ったようだ。（ト大欠伸）
太十　鯰をとってきたから、晩には[五]たらふく食わしてやらあ。
竜達　それア楽しみだな。（ト胸のあたりを掻《か》き）[六]牢疥癬《ろうびつ》が出来やアがって、かいくって仕様がねえ。

トおいちはもとのところへ座り、仕立物《しごと》にかかる。

太十　[七]中盆《なかぼん》の定《さだ》というのがこの前[八]くれえこんだ時、仍且《やっぱり》牢疥癬が出来て困ったそうで、疥癬《ひつ》によく利く薬を誰かに教わったといっていたから、今度あったら聞いておこうよ。
竜達　そうか、聞いておいてくんな。（トおいちに）暑いのに精が出るな。
おいち　この人が、モウ[九]からきしだらしがないから、この頃《ごろ》は夜のめもねやアしませんよ。
太十　イヤ、全くこの頃はお話にならねえ。[一〇]御祖師様《おそっさま》の竜《たつ》の口で御難と来てやアがる。[一一]年回りが悪いそうだ。
おいち　今年は八幡《はちまん》様のお祭りがよく出来るというのに、わたしだって新しい浴衣の一枚も[一二]引っ張りたいやね。

五　腹いっぱい。
六　入牢者に出る皮癬（ひせん）。「湿瘡（しつ）」の江戸訛り、ひっ。
七　丁半博奕で胴元（親）の補助役をいう。「中盆役は一座中の重役にして、壺振が振出したる骨子の目を呼上ぐる役なり」（宮武外骨『賭博史』）。
八　喰らい込む、召し捕られる、入牢する。
九　まったく、まるで。
一〇　ムダ口といわれる言語遊戯の一種で、ツキの来ぬ御難続きという御難を言うために、日蓮（祖師）が斬られかけた竜の口（現神奈川県藤沢市の江ノ島対岸）での法難を引いた。
一一　年の干支（えと）や厄の有無により吉凶が生ずるという俗信。
一二　はおる意から転じて、着る。

太十　小娘じゃアあるめえし。

竜達　年甲斐もねえ女犯《にょぼん》の罪で、[一]傘《からかさ》一本で寺を構われ、晒《さら》しものにされた人間が、意見でもあるまいが、いい加減に堅くならないと、生涯楽は出来ませんよ。

太十　オヤ、柄《がら》にもねえ事を言いなさるね。

竜達　今度という今度は己《おれ》も[二]我《が》が折れたよ。もう女にはこりごりだ。妙蓮寺の住職になったのが三十の年、それからざっと三十年の間、数えきれねえ程女にかかりあいをつけたがね、己《おれ》がこんなざまになったのはみんなその女共の祟《たた》りかも知れないよ。早く己《おら》アからだを癒《なお》して田舎へひっこんでしまいたいよ。南無妙法蓮華経、南無妙法蓮華経。おゝ、掻いゝ（ト指の股《また》を掻く）掻いゝ、掻いゝ。

太十　今朝[三]日本橋へ引きとりに行ったときは、からきし弱っていなすったが、一寝入りしたせいか、余っ程つやが出てきたようだ。お前らしくもねえ心細い事を言わねえものだ。気長に養生をして、からだを癒すのが第一だ。

竜達　有難うよ。此方《こっち》の弱味につけこまれ、三日にあげず[四]いたぶられていた時は、とんだやくざな甥《おい》をもったとつくづく悔やんでいたものだが、[五]親《しん》は泣きより、いざとなりゃアやっぱり血筋だ。血筋でなけりゃア仕方がない。

一　当時、僧侶が女犯肉食（にょぼんにくじき）を犯すことは忌むべきこととされ、不淫戒を犯したときは宗門の法度（自治制）により、一派構（かまえ）、一宗構として除籍、その際に傘一本のみの所持を許された。

二　驚き入る、閉口する。

三　日本橋南詰の晒場。

四　おどして金品をゆすりとられていた（竜達の女犯を太十が恐喝の材料としていた）。

五　困ったことのあるときは、親子や親類が相談に集まる、との意の俚諺。東京創元社刊『名作歌舞伎全集』第二十五巻所収本には、この語に続けて「…他人は食い寄り」とあるが、底本では削除。

お前やおいちの情け、死んでも忘れませんよ。

太十　ハハハハ、ごうぎ[六]に話を締《し》めなさるね。

竜達　先刻《さっき》おいちから聞いたが、おとらの奴は本当に男をこしらえて駆落ちをしたのか。

太十　誰が嘘《うそ》を言うものか、のうおいち。

おいち　何だか臭いとは感づいていたけれど、十四や十五でまさかと思い、放って置いたのがいけなかったのさ。争われないものだ、伯父さんの娘《こ》だからねえ。

竜達　今更お前達にこんな事を言われた義理じゃアないが、どうも気[七]が折れたせいかおとらにあいたくってなア。

太十　大きな面《つら》で三日[八]にあげずお前をいたぶり[九]に行けたのも、あの子を引きとったおかげだから、それア大事に育てたんだが、ふいと逃げられてしまったから、何だか己《おら》ア手の中《うち》の玉を取られたような心持ちだ。

おいち　小さいうちに引きとって私《あたし》もほんとの親のような気でいましたから、がっかりするやら悲しいやら。

竜達　おとらを生んだ花屋[一〇]の娘は評判の器量よしだ。おとらも、いい娘になったろうな。

六　うまく話を結論づける。
七　弱気になった。
八　三日と間をおくことなく。
九　（金品を）ゆすりに。
一〇　竜達が住職をしていた芝金杉の妙蓮寺（架空）門前の花屋。

おいち　ぼっちゃりしたいい娘《こ》になりましたよ。
竜達　両親《ふたおや》の顔も知らない奴だから、どうでろくな事はあるまいが、まあ無事でいてくれ。南無妙法蓮華経、南無妙法蓮華経。（ト指の股を掻く）掻いゝ、南無妙法蓮華経。掻いゝ、掻いゝ。
太十　おいち、身体《からだ》を拭《ふ》いてやりねえ。
おいち　あいよ。
太十　水を汲《く》んできてやろう。

ト太十は台所へ下り、手桶を提げて井戸端へ行く。おとま（三十五）結び髪[一]、そぼろなる[二]装《なり》、奥から忍び足で出《い》で、声をひそめ、

おとま　太十さん、太十さん。
太十　（ふりむき）吃驚《びっくり》した。何だな、妙な声を出しなさんな。
おとま　おとらちゃんがきているよ。お前に一寸《ちょっと》話があるから来ておくれとさ。
太十　（うなずき）今行くよ。嬶《かかあ》がうるせえからうちへ来ちゃアならねえといっておくんなさい。すぐ行きやす。

一　女性の髪型の一。ビンもタボも出さず、くるくる巻きつけただけの無造作な髪。
二　みすぼらしい。

トおとまはうなずいて去る。太十は手桶をさげて台所へ這入る。おいちは勝手へ下り手拭《てぬぐ》いをしぼり、竜達のそばへ寄る。

おいち　さア、一《ひ》トふき背中をふきましょう、さっぱりしますよ。

竜達　すまないな。南無妙法蓮華経〳〵。（トうしろ向きになり肌ぬぎになる）

トおいちは背中をふく。太十、煙管《きせる》をくわえ、ぼんやり二人のほうを見ている。

木魚の音、この道具回る。

㈡

[三]早桶屋徳兵衛の住居。

前の道具と背中合わせ、前場の入口のうしろ、[四]葺《ふき》おろしの台所、[五]引窓《ひきまど》あ

三　早桶（手ばやく作る粗末な座棺）を作って売る職人。
四　母屋（おもや）の屋根を延長し、付属の建物（ここでは台所）の上部にまで及ぼして葺いた屋根。
五　引き綱によって開閉する、屋根に作った明かりとりの窓。

り、下手這入り口、板敷きの仕事場、続いて常足[一]《つねあし》の二重、二重の正面押入れ、崩れたる鼠壁、すべて前場と同じ薄汚き造作。

ト仕事場に徳兵衛（四十）聾《つんぼ》、愚直なる男、白木《しらき》をけずっている。二重に、おとま、煙草を喫《の》み、おとら（十五）初々《ういうい》しき小娘、さしうつむきいる。

おとま　そんなにくよくよしなさんな、気をひろくおもちよ。これが責め折《せっ》檻《かん》されるというじゃなし、柔物[二]《やわらかもの》を着せられて、言う事さえ聞いていりゃアいいのだから、辛抱出来ないことはありゃアしないよ。

おとら　一日だってモウわたしは辛抱出来そうもありませんよ。

おとま　わたしが代わりに行って上げたいくらいだが、おばさんじゃア先様《さきさま》が真ッ平御免蒙《こうむ》るとさ。（ト笑う）

おとら　ほんとの事を言いますと、ここへ来る道いっそ身投げをして死んでしまおうと決心して、永代[三]《えいたい》まで行ったのですよ。そうするとお祭りの支度で方々が賑《にぎ》やかだから、どうせ死ぬなら明後日《あさって》のお祭りをみてからと思いなおしてね、ついおばさんのところへ来てしまったの。（ト袖口《そでぐち》を眼にあ

一　歌舞伎大道具用語。二重（⇩用語集）のうち一尺四寸の高さで、民家を表現する。前場のト書き（⇩用語集）に指定された「世話家体」と同義。
二　絹の着物。
三　永代橋。現在の位置（江東区深川永代から中央区新川二丁目に架かる）よりも一丁ほど上流の深川佐賀町一丁目から日本橋箱崎三丁目（旧北新堀町）へ架かっていた。長さ百二十間（約二一八メートル）余。

てシクシクと泣く）

おとま　いけないく〵。そんなつまらない考えを起こしちゃアいけないよ、鶴亀[四]《つるかめ》鶴亀。（ト気をかえ）ほんにおとらちゃんは家《うち》にいた時分とは見違えるようにおなりだねえ。半年のうちにすっかり器量をおあげだよ。太十さんのところへ帰りゃアまた元通り煤[五]《すす》をかぶって、おいちさんからは毎日毎日がみがみお叱言《こごと》をくわなけりゃアならないよ。それでも此方《こっち》がいいのかえ。

おとら　どんなにおばさんにいじめられても、わたしは家《うち》にいたいのですよ。佐賀町[六]《さがちょう》の家《うち》はつらいのですよ。

おとま　そんなにつらいものかねえ。お前さんも知っているだろうが、おばさんは昔河岸[七]《かし》で勤めをしていたんだがね、おとらちゃんなんかのは極楽だよ。辛抱をおしよ。勤めに出たと思やア済むよ。もう半年も辛抱すりゃア、そんなもうろく医者の一人や二人、手玉にとるのはぞうさもなくなるよ。

おとら　おっ母《か》さんがいればねえ。わたしのおっ母さんはね。芝金杉[八]《しばかなすぎ》のお寺のそばの花屋の娘で、わたしを生んだあとが悪くって死んでしまったの。お父《とっ》つぁんはそのお寺の住職だそうだけれど、表向き親子の名のりは出来ないからって、伯父さんがあわせてくれないし、お父つぁんの方でも小さ

四　縁起の悪い事物やことばに接したとき、縁起を直すために用いることば。

五　かまどの煤。炊事仕事に従うことをいう。

六　現江東区佐賀町一・二丁目の内。回米問屋等、問屋が多くあった。

七　吉原の娼家、河岸見世の略。廓内、お歯黒どぶに沿って西溝側を西河岸、東溝側を羅生門河岸と称した。いわゆる小格子と呼ばれる格の低い見世。おとまはその安女郎あがり。

八　金杉町は江戸府内に二つあり、一つは下谷。これと区別するため芝金杉といった。現港区芝一・二丁目。

いうちからわたしを伯父さんにあずけっ放《ぱな》しで、ちっとも構って呉《く》れないから余ッ程情《じょう》のない人なんですね。死んだおっ母さんはどんな人だか。ねえおばさん、死ねばおっ母さんにあわれますねえ。

おとま　いやなことばかり言うねえ。もうおよしよ、気をひろくおもちよ。

ト太十、鯰《なまず》を入れた小桶をさげ、勝手口より這入ってくる。おとらは片隅にかくれる。

太十　オヤ、徳兵衛さん、精が出るね。珍しい事があるものだ。

おとま　うちの人の兄《あに》さんが奉公している[一]小網町《こあみちょう》の紙問屋の御隠居さんが死んだので、わざわざこっちへ御注文がきたのさ。明後日《あさって》までのお誂《あつら》えで、たんまり御祝儀にありつける仕事だから、久しぶりで一息つけます。

太十　そいつアいいや。此方《こっち》はこの頃《ごろ》とられつづけでどうにも格好がつかねえから、今日は気を替えて釣りに行って来やした。鯰が[二]ごうせえとれたから、ほんのおすそわけだ。（ト台所へ小桶を置く）

おとま　それアどうも済まないねえ。

太十　（座敷へあがり）おとら、お前また帰ってきたのか。（トそこにすわ

一　現中央区日本橋小網町一・二・三丁目。回船問屋やその他の問屋が軒を並べていた。
二　強勢。はなはだの意。たくさん。

る）

おとま　そんなこわい顔をしちゃいけないよ、可哀想《かわいそう》じゃアないか。

太十　伯父さんが困るから、早く佐賀町へ帰ってくんな。

おとら　伯父さん、わたしはどうもつとまらないから、久庵さんからおひま[三]を貰《もら》って下さいな。家《うち》においで下さいな、どんなことでもして働きますから。

太十　そいつがそうはいかねえのだ。お前は久庵さんには一[四]生奉公しなけりゃアならねえ身体《からだ》だ。一生といったってあの爺《じい》さんも七十に手がとどくのだから、長いことはありゃアしねえ。まあここ三四年の辛抱だ。三四年辛抱しろ、辛抱しろ。

おとま　悪い事は言わないから辛抱おしよ。今にいいことがくるよ。

トおとら、かぶりをふる。

太十　あんな優しい久庵さんをなぜお前はきらうのだ。

おとら　だってきび[五]が悪いもの。

太十　きびの悪いくらい我慢をしろ。

三　使用人がやめさせてもらう。「暇（いとま）を取る」とも。
四　一生のあいだ奉公勤めをすること。
五　気持ちが悪い。

一　どっさり。

おとら　佐賀町へ帰る位なら、わたしはいっそ死んでしまった方がましですよ。

太十　そんなわからねえ事を言う奴があるものか。家《うち》へ帰って見ろ、久庵さんのところが辛いどころの騒ぎじゃアねえぞ。おいちにひどいめにあわなけりゃアならねえぞ。おいちがひどいめにあわすよ。久庵さんには己《おれ》がしこたま銭《ぜに》を借りているから、お前が久庵さんのところを逃げ出すと伯父さんが困るのだ。頼むからもうちっとの間辛抱してくれろ。何だなお前、年寄りの一人や二人。

おとま　ほんとさ、軽くあしらっておやりよ。

太十　おいちに見つからねえうちに早く帰ってくんな。久庵さんがまた眼の色をかえて探し回っていなさるだろう。早く帰って何かねだって買って貰え。祭りの着物でもうんとねだれ。おとら、返事をしろ、不承知か、伯父さんがこれ程頼むのにいやだというのか。（トこづく）

おとま　（遮《さえぎ》り）およしよ、手あらな事をしちゃアいけないよ、ねえ、おとらちゃん、今日は一旦《いったん》お帰りよ。その方がいいよ、ねえ、そうおしよ。

トおとら、つっぷして泣く。

太十　（気をかえ、おとらの背を撫《な》で）いい子だ〳〵。おとらは小せえうちから、それア物わかりのいい子だもの、伯父さんのいう事は何でもわかってくれるのだ。

トいろいろにすかせば、おとらはあきらめる。

おとら　伯父さん、帰りますよ、佐賀町へかえりますよ。（ト泣く）
太十　そうか。有難《ありがと》よ、有難よ。（トおとらを抱き起こし）さ、さっぱりした顔をして早く帰んな。大きな姿《なり》をして、そんなに泣く奴があるものか。（ト涙をふいてやる）
おとま　太十さん、
太十　え。
おとま　おいちさんが愚図る[二]なア尤《もっと》もだ。（ト笑う）
太十　何をお前迄《まで》。
おとら　（泣く泣く立ち上がる）
太十　祭りには伯父さんも佐賀町へ遊びに行くから、うんと御馳走《ごちそう》をしてく

二　ぐずぐず言う。ここでは太十がおとらに優しくしているので、おいちが嫉妬してあれこれ言うこと。

れろ。

おとま　おとらちゃん、ほんにつまらない考えを起こしておくれでないよ。

おとら　（徳兵衛に）おじさん。さようなら。

ト徳兵衛、気がつかず仕事をしている。

おとま　打捨《うっちゃ》ってお置きよ、陽気の加減でこの頃《ごろ》一倍耳が遠くなったんだよ。

トおとら、表へ出る。太十とおとまも続いて出る。

太十　まっすぐに帰れ。久庵さんによくお詫びをしろよ。

おとら　アイ。おばさん、さよなら。

おとま　さよなら。

トおとら、泣く泣く花道へ這入る。二人、あとを見送る。

おとま　可哀想に。

太十　争われねえものだ、後ろ姿はすっかり女だ。

トひとり言。おとま、太十[一]の肩を叩《たた》く。太十、おとまを見て苦笑する。

油蟬の声、木魚の音にて　――舞[二]台回る――

（三）

ト上手寄りに竜達あぐらをかき渋《しぶ》団扇《うちわ》をつかっている。おいちは仕立物をしている。太十、這入ってくる。

太十　悪く蒸しゃアがるから、一雨くるかも知れねえぞ。（トさりげなく、座敷へあがる）

竜達　何しろむしむししてやり切れねえ。昼間からこの蚊じゃア、暗くなってからが思いやられるな。

おいち　お前隣で、いつ迄何を話していたのさ。

一　おとまは、太十が見とれているので、からかいの心で肩を叩く。
二　元の太十の住居にもどる。

竜達　[一]おつう気を回すな。（ト笑う）
太十　何をくだらねえ。
　ト腹這いになり、莨《たばこ》をのむ。隣で板を叩く音。
竜達　隣でカン〱やっているが、何だえ。
太十　隣かえ、隣は早桶屋だ。
竜達　なンだ、早桶屋だ、ろくな者が住んでねえ。
太十　おじさん、坊さんと早桶は付物《つきもの》だぜ。
竜達　[二]違《ちげ》えねえ。
二人　ハハハ――。
太十　ドレ、鯰《なまず》に引導渡してやろう。
　ト腰をあげる。竜達止めて、
竜達　オイ、太十や、鯰を[三]こさえる前にちっと頼みてえことがあるんだが――

一　妙に、変に。副詞「乙に」の転。竜達はおいちの挙動を見て、軽くからかっている。
二　まったくだ。
三　こしらえる、料理する。

太十　何だえ。（ト座る）
竜達　その頼みというのはな――（ト言いかけ）イヤ、いいよ、よそう。やっぱり鯰をこさえてくれ。
太十　何だかおかしな人だな。
竜達　なんでもねえんだよ〳〵。
太十　[四]さっくり言いねえな。気になるよ。
竜達　そうか。じゃア、まア、やっぱり頼もうか。なんといっても伯父甥だ、お前をおいてほかに頼む人はねえのだ。実はな、実は、その、頼みというのは――まアいいや、やっぱり鯰をこさえてくんな。

ト太十、ムッとして、

太十　どうとも勝手にするがいい。他人行儀な人だねえ。
おいち　私達《あたし》にできる事なら相談にものりますから、どんな事だか言って御覧なさいよ。

ト竜達、思案をきめ、

四　率直に。

竜達　お前をうたぐるというわけじゃアねえのだよ、己《おれ》の、もう一生の大事
　だから言いそびれたのだが、太十、お前のたった一人の伯父が手をついて
　頼むんだが、お前にできねえ事じゃアねえから、承知をしてくれろよ。
太十　己《おれ》にできねえ事じゃねえって、一体何だえ。
竜達　まアとにかく承知をしてくれねえうちは、こう〳〵言うわけだと打ち
　明けられねえのだ。打ち明けてから、もしもイヤだなぞといわれちゃア大
　変だ。ぶちまける前に是非共、ウンと言って貰《もれ》えてえのだ。
太十　剛勢《ごうせい》気を持たせるなア。己《おれ》にできる事なら承知をしよう。
竜達　そうか。おいちや、門口を見てくれ。
おいち　なんだか気味《きび》が悪いねえ。(ト立ち上がる)
竜達　己《おれ》の一生の大事なんだから、人にでも聞かれちゃ大変だからな。
　　トおいち、表を見て戻る。
竜達　いたかえ。
おいち　誰もいません。大丈夫ですよ。

竜達　実はなア――

ト太十とおいち、顔見合わせ、竜達のそばへ差し寄る。

太十　へえ。

竜達　実はなア、あの――なんだよ――

ト言いよどむ。

太十　エ、、じれってえな。それ程言いたくねえ事なら、止《よ》しにしなせえ。聞きたくもねえ。

おいち　ねえ、伯父さん、じらさないで聞かせなさいよ。

竜達　じらすわけじゃアねえけれど。――

太十　だからよ、たって[一]聞こうたア言やアしねえ。止しねえ〳〵、なんだくだらねえ。

竜達　オイ〳〵、そんなにおこんなさんなよ。

太十　怒りゃアしねえがあんまり人を――

一　強いて。

竜達　お前そんなに言うがね、己《おれ》の一生の大事なんだから——（ト思案をきめて）実はなア——

太十　ウム。（ト聴き耳をたてる）

竜達　金を百両、埋めてあるのだが、それをお前に取って来て貰《もれ》えてえんだが、やってくれるかえ。

太十　ど、どこに埋めてあるんだ。

竜達　マア〳〵、待ちな〳〵。半年一年たった後、こっそり掘り出すつもりだったが、己《おれ》も年だから、早く出してえよ。親身の甥のお前だから、己《おれ》がぶちまけて頼むのだ。取って来てくれるかい。

太十　一体、どこに埋めてあるのだえ。

竜達　マア待ちな。だからお前がウンと言わねえうちは、ぶちまけられねえのだ。

太十　よし、承知をした。取って来やしょう。

竜達　お前の安請合[一]も久しい[二]ものだが、今度はいつもとはわけが違う。一旦承知をしておいて、後で嫌だ、なんと言ってみろ、承知しねえよ。

太十　いい加減にしなせえ、一体どうすりゃア気がすむんだ。

竜達　おいちゃ、太十は本当に承知をした様な顔付きか、どうだ。

一　深く考えもせず、かるがるしく引きうけること。

二　相変わらずだ、珍しくもない。

おいち　大丈夫ですよ。
竜達　どうも危ねえもんだからなア。
太十　何処《どこ》に埋めてあるんだよ。
竜達　それはなア、あのなア——（ト思い切って）寺に埋めてあるのだ。
太十　（思わず）やっぱりそうか。
竜達　この野郎、内々《ないない》[三]あたりをつけていたのだな。
太十　（あわてて）そ、そういうわけじゃアねえ。
竜達　油断もすきもあったもんじゃアねえ。だからお前はいやだというのだ。
太十　で、寺の何処に埋めてあるのだ。
竜達　手洗鉢の傍《そば》に[四]石菖《せきしょう》が植えてあるだろう。
太十　まア待ってくれ。石菖といったって方々にあるが、何処の石菖だ。
竜達　己《おれ》の座っていた座敷の前に瓢箪池《ひょうたんいけ》があったろう。その池の脇《わき》に手洗鉢があって、その下にうんと石菖が植えてあるが、その中で目印に一番高く立っているその下を、一尺ばかり掘ると、梅干の瓶《かめ》がある。
太十　なんだ梅干の瓶か。
竜達　梅干の瓶といったって、梅干が入っているんじゃアねえや。その中に金が入れてある。油ッ紙に紐《ひも》で確《しっか》りとくるんでな、[五]与《よ》一兵衛《いちべえ》じゃアねえが

三　見当、推量。
四　サトイモ科の常緑多年草。水辺に自生するが庭園用に栽培、盆栽にもする。石菖蒲。
五　おかるの父親。『仮名手本忠臣蔵』五段目に登場する。おかるが夫勘平のために身を売った五十両の金を縞の財布に入れての帰途、山崎街道において盗賊となっていた不義士の斧定九郎に奪われ、斬殺される。

縞《しま》の財布に百両入れてある。

太十　（驚く）百両。

竜達　[一]宅番が付いているから、見付《めっ》かったら大変だ。百両の金も不浄金でお上へふんだくられて己《おれ》もふんじばられて、[二]あぶ蜂《はち》取らずになっちまうから、見付《めっ》からねえようにやってくれよ。

太十　もし宅番にめっかったら、くれえ込まにゃアならねえが、みすみす天下の通用金、それも百両という大金を埋めておくのは勿体《もったい》ねえ話だ。のるかそるかやってみよう。

おいち　お前そんな恐《こわ》いことを安請合に請け合って大丈夫かい。

ト心配する。

太十　何、大丈夫だ。

竜達　大丈夫〱、もうこんな事にかけちゃア、めっぽううめえ男だからな。

太十　おだてなさんな。

竜達　お前の事だからやり損《そこ》ないはあるめえが、掘り返してそのまんま[三]随徳《ずいとく》寺《じ》なざあ、御免だぜ。

一　犯罪人の出た家屋敷などに見張りに配した番士。

二　望んだことがすべて叶わなくなること。虻（あぶ）も蜂も取らず、とも。

三　寺号に擬して、ずいと逃げ失せること。「一目山随徳寺」などという。

太十　そんな事はしやアしねえよ。
竜達　どうだかわかったもんじゃねえな。
太十　冗談を言いなさんな。
竜達　そんな事はあるめえな。本当に大丈夫かえ。
太十　大丈夫だよ。
竜達　大丈夫かえ。
太十　くどいなア。そんなに己《おれ》を疑《うたぐ》るなら、他所《よそ》へ行って頼みねえ。
竜達　そういう野郎だ。今更そんな事を他所の人に頼まれるかえ。よく考えろ。
太十　だから己《おれ》に頼むんだろう。
竜達　そうよ。
太十　だからよ、己《おれ》にまかせたからは、落ち着いていなせえというのに。
竜達　そりゃ安心しているがね、太十、安閑としているところじゃアねえ。これからすぐに行って来てくれ。
太十　そうお前、足元から鳥が立つように[四]言わねえたって、誰も聞いてるわけじゃアなし。
竜達　イヤ、そうでねえ。壁に耳って[五]事があるからなア。早く行って取って

四　にわかに物ごとを始めるさまの俚諺。
五　密事の洩れやすいたとえ。「壁に耳あり、徳利に口あり」など続ける。

来てくれ。
太十　マア、落ち着いていなせえよ。小判に羽根が生えやしめえし、伯父さん、金杉まで行って帰って四里はあらア。腹[一]をこせえてから行こう。おいち、膳拵《ぜんごし》[二]れえをしてくれ。
竜達　なんだ、今の若さに一[三]トかたけ位食わねえたって。
太十　そうはいかねえよ。
竜達　さア、おいちや、早く膳拵れえしてやりなよ。
ト壁にかけてある腹[四]がけ印伴天《しるしばんてん》を太十に渡す。おいち、膳を持ち出し、太十の前に出す。竜達、飯櫃《めしびつ》を持って来たり、いろいろあって縁から足をふみすべらす。隣から板を叩く音。[五]柝《き》なしにて幕をひきつけ、木魚の勤《つとめ》にてつなぎ、しばらくして引[六]っ返す。

一　食事をしてから。
二　食事の仕度をすること。
三　一片食（ひとかたけ）、一回の食事。片食は朝夕二食のうちの一食をさしたが、一日三食の時代に入ってもその語が残り、重言として「ひとかたけ」という表現を生じた。
四　胸腹部を覆う衣服（腹掛）と背中・襟（えり）などに主家の姓名・屋号・家紋などのしるしを染めた半纏。職人などが着る。太十に外出させるため、竜達が手渡す。
五　柝（⇨用語集）無しの閉幕は伝統的な二番目物（世話狂言）を作者が意識しながらも、写実性を強調するため。
六　閉めた幕を、幕間をおかずにすぐに開幕する。次幕の準備をととのえる間、勤行の木魚の音を繋ぎの音楽として聞かせる。

第二幕

㈠

元の道具。

九ツ半。（午前一時頃）小間《こま》に蚊帳が釣ってあり、竜達が寝ている。ト行灯《あんどん》のそばに、おいち居眠りをしながら仕立物《しごと》をしている。そばに蚊やり[七]がしかけてある。竜達、しきりに魘《うな》される。おいちは眼をさまし、蚊帳の方を見て、

おいち　こわい夢でも見ているのか、うなされる声というものは、気味《きび》の悪いものだねえ。

竜達　おいちや――おいちや――

七 蚊を追うための煙をいぶす道具。後出「蚊いぶし」と同義。

おいち　ハイ、ハイ。
竜達　お前まだ起きているのか。
おいち　今、やっとよなべ[一]が仕上がったのさ。
竜達　イヤな夢を見たよ。
おいち　どんな夢を。

ト竜達、蚊帳から出る。

竜達　いゝ按配《あんばい》に木魚が止《や》んだから、トロ〳〵としたが、イヤな夢を見た。
太十の野郎が金を掘って、それを賭奕場《ばくちば》へ持って行って、スッテンテン[二]になっちまって、ぼんやり帰ってきた夢を見た。ほんの事にならにゃアいゝがなア。
おいち　まさかそんな事はないよ。大丈夫ですよ。
竜達　だがな、どうして[三]やりかねえ男だからな。もしもそんな事でもしやアがったら、己《おら》アあいつを殺して、首をくくって死んでやるよ。
おいち　心配すると際限《きり》がない。まア落ち着いて、お休みなさいよ。
竜達　どうもひどい蚊だな。（ト指の股《また》を掻《か》き）あゝ、掻いくって仕方がね

一　夜仕事。
二　無一文。
三　下に否定語を付して、なかなか、なんとして。

え。ピリ〳〵して仕方がねえ。おいちや、じゃア己《おら》アねるぜ。

ト蚊帳へ入る。おいち、蚊いぶしをあおぎつけると、煙が朦々《もうもう》と立つ。
板を叩《たた》く音。

竜達　（蚊帳の中から）ナア、おいちや。
おいち　何です。
竜達　太十は帰って来るだろうな。金を持ってきてくれるだろうな。
おいち　持ってきますよ。大丈夫ですよ。
竜達　もう何刻《なんどき》だろうな。
おいち　そうさねえ、モウ[四]九ツ半少し回ったでしょうよ。
竜達　もう帰ってきても、いゝ時分だがな。
おいち　そうはいきませんよ。
竜達　もう寝てなんざアいられねえや。

ト蚊帳から這《は》い出し、裸足《はだし》で土間に下り、おもてへ出て、[五]向こうを見る。犬の声。じっと見すかし、ガッカリして上がり口で足を拭《ぬぐ》い、座

四　夜中の一時過ぎ。
五　花道揚幕（鳥屋（とや）⇩用語集）の方向。

敷へ上がる。おいち、あきれてこれを見ている。土間に下りて[一]掛金《かけがね》をかける。

竜達　なアおいちや、太十の親父《おやじ》というのは、それア性の悪い奴《やつ》で、人の物をちょろまかしたり、カッパライをしやアがって、牢《ろう》へぶち込まれたが、いゝ按配に牢死をしてしまった。あいつも親父の血を引いて餓鬼《がき》の時からのろくでなし、気の許せる奴じゃアねえ。己《おら》アとんだ奴に頼んじまった。己《おれ》の一生の過《あやま》ちだ。止《よ》しゃよかった、止しゃよかったよ。

おいち　今更そんなことを言ったって始まらない。もしあの人に間違いでもあったら、伯父さんよりは私《あたし》が困るよ。

竜達　何、困る事があるものか。[二]引っ被《かぶ》っているから薄汚ねえが、一《ひ》トみがきしてみろ、方々から[三]引張り凧《だこ》だよ。あんな奴は今が見切り時だよ。

おいち　どんな人でも、わたしは好きで持っているのだから、大きにお世話様ですよ。

竜達　とんだとこで惚気《のろけ》を聞かされるな。イヤ、[四]お前は貞女だ。アア、貞女だよ。

おいち　何を言ってるんですよ。落ち着いてお休みなさい。

一　戸締まり用のかんぬき。
二　煤（すす）やら垢（あか）をかぶって…。
三　一人を多人数で引きあい、取りあうこと。
四　このあたりの竜達を、作者は『仮名手本忠臣蔵』三段目（喧嘩場）の高師直（こうのもろのう）を意識しているかの如くである。師直が塩冶判官（えんやはんがん）を揶揄しての台詞に「そこもとの奥方は貞女といひ、御器量と申し…」といやみを言うくだりがある。

ト竜達、手を合わせて、

竜達　どうぞ太十が帰って来ますように。南無妙法蓮華経〳〵。ひどい蚊だな。じゃア寝るか。

おいち　早く蚊帳へ入ってお休みなさいよ。

竜達　もう帰らなくちゃアならねえ時分だが、まア仕方がねえ、寝て待ってやろうか。

ト蚊帳の中へ入る。

竜達　おいちや、太十は金を持ってきっと帰ってくるだろうな。

おいち　大丈夫ですよ。もう帰って来ますよ。

竜達　帰って来なきゃア大変だからな。

トおいち、蚊いぶしをしかけ、居眠りをして団扇《うちわ》を落とす。竜達、しばらくして鼾《いびき》をかく。

下手《しもて》から太十、尻端折《しりはしより》で戻ってくる。

太十　（小声で）おいち、おいち、今帰った。

ト戸を叩く。

おいち　（眼をさまし）ハイ〳〵、あけるよ。今あけるよ。

ト掛金をはずして戸をあける。

太十　跡を見ろ。誰かついて来ゃアしねえか。

おいち　大丈夫だよ。誰も来ゃアしないよ。

ト表をすかし見て、掛金をかける。

おいち　あったかえ。

太十　あった。あった。

おいち　よかったねえ。
太十　雑巾《ぞうきん》を貸してくれ。

トおいち、盥《たらい》へ水を入れて持って来る。
太十、足を洗い、

太十　ア、、くたびれた。
おいち　くたびれたろうね。
太十　どうした伯父さんは。
おいち　今し方まで起きていてブツ〳〵言ってうるさくて仕様がなかったが、今やっと寝たよ。
太十　そうか。

ト座敷へ上がり、蚊帳を覗《のぞ》く。

太十　罪はねえ。死んだようになって寝ていらア。（トあぐらをかき）ヤレヤレ。

おいち　どうだったえ、怖かったろうねえ。

太十　本堂のそばの小座敷で番人が碁を打っていたが、うめえ具合に掘りけえして、コレ見や――（ト懐から油紙に包んだ金包みをとり出し）重てえぜ。

おいち　どれ、わたしにも持たしておくれ。（ト手に取り）思ったよりは軽いものだね。百両といやアもっと重いものだと思った。（トいろ〳〵にいじりまわし）何だかこう触っただけでもいゝ心持ちだよ。ねえお前さん、一体伯父さんは幾らくれるだろう。

太十　さア、あたり前なら奇麗に半分くれるところだが、[一]吝《し》みったれだからそうも行くめえ、三十両はしかし[二]おたちはねえだろう。

おいち　三十両貰《もら》えりゃア有難い。[三]店賃《たなちん》をいれて、米屋へやって、それから、わたしにも柔物《やわらかもの》の一枚も引っ張らしておくれ。

太十　いゝとも。十両とまとめて[四]持って行きゃア、己《おれ》も[五]お釜《かま》を起こしてみせるぜ。

おいち　あゝ、何だかうれしくってゾクゾクするよ。

ト竜達、うなされる。

一　染っ垂、甲斐性なし、意気地なしの意から、みみっちいこと、けち。

二　立前（たちまえ）、骨折り賃をいうか、この個所、意未詳。

三　家賃の滞りを支払い、米屋へも支払い…。

四　賭場へ持って行く。

五　かまどを築きあげる、一財産作ってみせる。

太十　可哀《かわい》そうに、うなされていゃアがる。（ト笑う）
おいち　さっきから、うなされ通しだよ。
太十　起こしてやろう。
おいち　今夜一ト晩、百両抱いて寝てみたいから、眼の覚めるまでうっちゃってお置ききな。
太十　さもしい［六］事を言うなえ。
ト太十、蚊帳のそばへより、
太十　伯父さん、伯父さん、帰ったよ。今帰った。
ト竜達、蚊帳から飛び出す。
竜達　オヽ帰ったか、太十、よく帰ってきてくれた〳〵。あったか、金はあったか？
太十　あったよ。これだ。

六　浅ましい、卑しい。

ト包みを見せる。竜達、ついと引ったくり、あわてて油紙を解き、財布をとり出す。

竜達　オ、これだ〳〵。有難《ありがて》え。南無妙法蓮華経〳〵。（ト財布を戴《いただ》き、ふと心配になり、太十を見て）だが太十や、お前をうたぐるわけじゃアねえが、銭金《ぜにかね》は他人だ。ちょッと改めるよ。

太十　（イヤな顔をして）ア、、いゝとも。

竜達　表[一]はかゝっているかえ。ア、、有難え。（ト行灯をひきよせ、一枚一枚かぞえる）チュウ[二]〳〵、蛸《たこ》かいな、チュウ〳〵、たこ、かいな。（ト太十とおいち、うしろからのぞきこむ）何を見ているんだな、人が金の勘定するのを見たってつまらねえじゃアねえか。

太十　見る位いゝじゃねえか。

竜達　いけねえよ。いけねえ〳〵。見ていられると勘定を間違えるから、そっちへ行ってくれ。

ト二人、下手にすわる。竜達、勘定をしてしまい、

一　表の入口の掛金は、の意。
二　子どもがおはじきなどを口で唱えながら、二つずつ数えるとき、チュウ（二）チュウ（四）タコ（六）カイ（八）ナ（十）と用いる。

竜達　ウム、太十や、確かに百両ある。有難え。（トいただき、懐にしまい）ナア太十や、伯父甥《おい》なればこそだ。血筋は有難え。血筋に限る。何といっても血筋だ。（ト油紙の皺《しわ》を鄭寧《ていねい》にのばしながら）そうして誰にも見とがめられなかったか。

太十　具合の悪いことに、番人が本堂のそばで碁を打っていたから、仕方がねえ、縁の下へもぐりこんで様子をうかがっていた。

竜達　イヤ、御苦労、御苦労。（ト油紙を大事にたたむ）

太十　大へんな藪《やぶ》ッ蚊だ。見てくんねえ、この通りだ。からだ中喰《く》われながら身動きもしねえで這いつくばっているつらさったらなかったぜ。

竜達　そうかい、御苦労〳〵。

太十　お前が一尺といったが、一尺どころじゃねえ。何か掘る物を持って行きゃよかったが、仕方がねえから手で掘ったので、見なせえ、生爪《なまづめ》をひっぱがしてしまった。

竜達　イヤ、御苦労〳〵。太十や、お前なればこそだ。伯父甥なればこそだ。血筋は有難え。血筋に限る。（ト紐《ひも》で鄭寧に油紙をくくる）

太十　伯父さんが待っているだろうと思って、大いそぎで帰ってきたよ。大骨を折ったぜ。

竜達　御苦労〳〵。伯父甥なればこそだ。血筋は有難え〳〵。（ト油紙を懐に入れ）だが、さぞお前、くたびれたろう。早くねてくんな。おいち、早く床を敷いてやんな。早く寝なさい〳〵。どうもこれで己《おれ》も楽に寝られるよ。己《おれ》も寝る。ア、、助かった〳〵。南無妙法蓮華経〳〵。

トついと蚊帳の中に入る。太十と、おいちは、あっけにとられている。竜達、大鼾《おおいびき》をかいて寝てしまう。二人、顔を見合わす。太十、舌打ちをして、

太十　何をぼんやりしてやアがる。床をとりねえ。

おいち　あいよ。

太十　明日《あした》の事にしよう。何処《どこ》まで欲ばっているか、[一]数《すう》の知れねえ坊主《ずくにゅう》だ。

トおいち、夜具を持って来て、蚊帳の中をのぞく。太十は下手の柱へもたれ、やつあたりにむやみに団扇《うちわ》を使う。

――幕――

一　（数えきれない、の意から）程が知れない、得体の知れない。

（二）

あくる朝。

ト納豆《なっとう》売りが表を通る。竜達は庭の上手《かみて》で[二]薪《まき》を鉈《なた》で割っている。太十は莨《たばこ》を喫《の》み、朝飯の済んだ後の体《てい》。おいちは台所で膳《ぜん》を片付け、洗い物をしている。竜達、籠《かご》へ薪を入れ、縁へ上がろうとしてよろける。籠を縁におき二重に上がる。

竜達　まア、これだけありゃア晩にどんなに蚊が出たって大丈夫だ。こうやって人の家《うち》に厄介になっていりゃア、蚊いぶし位は拵《こし》らえなきゃア飯も甘《うま》く喰われねえからな。アヽ、腰が痛《いて》え。ドレ一トねむりさして貰おうかな。

太十　伯父さん、ちょッと待ってくんなせえ。

竜達　何か用か。

太十　朝っぱらからお前寝ねえたっていゝじゃアねえか。今起きて、飯をく

二　後出の「蚊いぶし」に使う蚊遣木（かやりぎ）。蚊を追うための木屑を作っている。

ったばかりじゃアねえか。

一　ゆっくり。

竜達　昨夜《ゆうべー》おち〱寝ねえから、ねむくってやりきれねえのだ。

太十　お前が言い出すかと思って待っていたんだがねえ——此方《こっち》から切り出したくねえからねえ。

竜達　何の話だい。

太十　判らねえかい。

竜達　何だか言ってみな。

太十　とぼけなさんな。百両の金よ。

竜達　イヤ、わかった〱。ア丶、すっかり忘れていた。堪忍《かんにん》してくれろ。嬉しまぎれにすっかり忘れていた。

ト財布から金を出す。

太十　己《おれ》の方から切り出したくねえからねえ。

竜達　御尤《ごもっと》も〱。年をとると仕様がねえ。

太十　折角骨を折ったんだからねえ。

竜達　僅かだがね、おいちと二人で鰻《うなぎ》でも食ってくれ。

ト小判を四枚、出そうとして一枚減らして三両にする。出そうとして迷い、また一枚減らして二両にして出す。

太十　済まねえ、伯父さん――（ト受け取ろうとして）何だい、この二両は。

竜達　お前の骨折《ほねおり》賃だ。いゝから取っておきな。イヤ、どうも、御苦労御苦労。

太十　いらねえ〳〵、いらねえよ。

竜達　いらねえ、他人のように遠慮するなよ。伯父甥の仲でも銭金は他人だ。取っておきねえ。

太十　伯父さん、お前本性かえ。

竜達　何だと。

太十　いやさ、おめえ本性かよ。

竜達　[二]師直《もろのう》じゃアねえが、本性だ。

太十　人を[三]白痴《こけ》にしなさんな。二両とはどういうわけだ。お前が日本橋へ晒《さら》されて三日目に引き取るにも、洗いざらい質にぶちこみ、駕籠《かご》も頼みゃア着物まで己《おれ》が持って行ってやったのだ。お前晒者《さらしもの》じゃアねえか。

二　高師直（こうのもろのう）。『仮名手本忠臣蔵』中の敵役で、その三段目（喧嘩場）において塩冶判官（えんやはんがん）を侮辱し、切りつけられる。「こなた狂気めさったか、イヤ気が違ふたか師直」「シャこいつ、武士をとらえて気違とは、出頭第一の高師直」「ム、すりゃ今の悪言は本性よな」「くどい〳〵、本性なりやどふする」「ヲ、かうする」と抜打ちに切りつけるくだりから。

三　（仏教語）虚仮。ばか。

竜達　大きな声をするなよ。

太十　それに違《ちげ》えねえじゃアねえか。晒者を乗せるんだから駕籠屋の祝儀も、はずんであるのだ。[一]横目《よこめ》張番《はりばん》へ[二]二朱一分《はんたいちわ》と己《おれ》が手からやってあらア。二両とは、どういうわけだ。百両己《おれ》が使っちまっても、お前願っちゃア出られめえ。半分貰うのが当たり前だが、三十両は動かねえ相場だ。二両、ヘン、大笑いさせやアがらア。

ト二両を叩きつける。おいち、台所より出る。

竜達　オイ〳〵太十、それじゃア何か、二両じゃア不足だというのか。

太十　一ツ間違やア[三]喰れえ込む仕事をしたのだ。二両ばかりどうするものか。

竜達　[四]当事《あてこと》もねえ。妙法蓮華経〳〵。これはな、命より大事な金だ。[五]ありようは百両のうち一朱だって減らすのはいやだけれど、骨折《ほねおり》賃に二両やりゃア[六]御《おん》の字だ。（ト二両を拾い）何《なん》だ三十両呉《く》れ、飛んでもねえ事だ。オイ、太十、己《おれ》が妙蓮寺に住職をしている時分、お前は一分貸せ二分貸せと[七]三日にあげずに[八]いたぶりにきゃアがって、何だ三、三十両だ。大変なことを言い出しゃアがった。

一　監視人。
二　振りがな「はんたいちわ」の語義未詳。賭博または寄席の隠語か。寄席では金を「しんた（しん太郎）」というので、一両（四朱）の半分の義か。
三　一四七頁注八参照。
四　とんでもない、途方もない。
五　正直なところは。
六　充分。
七　一四九頁注八参照。
八　一四九頁注九参照。

太十　二言目には、いたぶったく〳〵と言ゃアがるが、お前が一両とまとめて出した事があるかよ。

竜達　おいちや、こういう奴だ。あきれ返った奴だ。お前もいつ迄《まで》こんな奴に付いていちゃアいけねえぞ。（ト声をうるませ）情けねえなア。老い先短けえ頼り少ねえ、たった一人の伯父をつかまえて、三、三十両よこせ——、呆《あき》れて物が言われねえ。無法のことを言ゃアがる。己《おら》アお前達に見捨てられたら行く処《ところ》はねえが、何処《どこ》の野末で野たれ死にをしたって手前《てめえ》なんぞの厄介になるものかい。妙法蓮華経〳〵。今の今迄広い世界に頼りになるのはお前達ばかりと思っていたのだ。それに、三十両よこせ——三十両たア、情けねえ。こんな情けねえことはありゃアしねえ。おいちや、お前済まねえが駕籠をそういって[九]来てくれ。お前に一両やるから、これで何か買ってくれ。己《おら》アすぐにこゝを出て行くから、駕籠を一丁そう言ってくんな。

太十　おいち、一両叩き返してやれ。

ト　おいち、うじ〳〵[一〇]するを、太十はひったくって叩きつける。

九　そのように言って、の意から、注文しての意に用いる、江戸・東京での慣用語。
一〇　ためらう。

竜達　勿体《もったい》ねえことをするな。

ト拾う。

太十　べら棒め、駕籠も何もあるものか。空涙なんぞをこぼしゃアがって、どこまで太《ふて》えか数《すう》が知れねえ。出て行け、はっつけ坊主め。
竜達　この野郎、黙っていりゃアいゝかと思って、現在の伯父をつかまえて、はっつけ坊主とは何だ、よし、そう吐《ぬ》かしゃア一両どころか一朱もやらねえ。年はとっても、手前《てめえ》なんぞに負けてたまるものか。

ト向かう。太十が権幕を変えたので、竜達、上手へ身を退《の》け、

竜達　その面《つら》は何だ〱。おいち、見や、お前の亭主はつまらねえ面だの。
太十　はっつけ坊主のしみったれ坊主の助平坊主め。
竜達　べら棒め、手前《てめえ》に教わった助平じゃアねえやい。
太十　坊主のくせにしやアがって、手前《てめえ》は餓鬼《がき》をこせえやアがったろう。
竜達　その餓鬼を手前《てめえ》は何処かへ売り飛ばしゃアがったろう。それに違えね

一　一八〇頁注一参照。
二　磔坊主の転訛（罵言）。
三　実の、ほんとうの。
四　けちくさい。

え。

太十　手前《てめえ》の娘なんざア誰が買う奴があるものか。盗人《ぬすっと》坊主め。

竜達　いつ己《おれ》が盗ッ人をした。

太十　手前《てめえ》は寺をのっとりゃアがったろう。とう〱罰《ばち》が当たって晒《さら》し者になりゃアがって、[五]面《つら》ア見やがれ。

竜達　手前《てめえ》の親父は何だ、人の物をチョロマカしゃアがって、牢へぶち込まれてくたばりゃアがったろう。

太十　サア、出て行け、はっつけ坊主のしみったれ坊主の助平坊主。

竜達　手前《てめえ》が出て行け。

ト二人、揉《も》み合い、太十は竜達の横面《よこづら》を打つ。竜達、鉈を持つ。おいち、とめる。

おとま、物音に驚いて入って来て、捨[六]てゼリフよろしく太十をとめて表へつれ出す。この道具、回る。

五　ざまを見ろ。
六　⇩用語集

㈢

早桶屋。

トおとまは、太十を連れて、勝手口から入ってくる。仕事場に徳兵衛、ねころんでいる。早桶は半ば出来上がっている。

おとま　ちょいと眼を放すと、もうこれだ。起きないかよ。

トゆり起こす。徳兵衛、起きる。

おとま　さっさと仕事をしないかよ。人が一日で出来る仕事を三日も四日もかゝりゃアがって、気が向かないと日がな一日寝てやアがる。たが一ツ箍《は》めるにも一日がかり、とんだ左甚五郎[一]だよ。聾《つんぼ》で白痴《ばか》でムカッ腹《ぱら》立ちで。

(ト太十に向かい)一体どうしたというのさ。見なれない坊さんと。

太十　何、昨日《きのう》上州から来た親類筋の坊主[二]っくりなんだが、あんまりわからねえ事を吐《ぬ》かしゃアがるから。

一　江戸初期に実在したとされる名彫刻師。ここでは名人気どりで仕事のはかが行かぬ亭主を嘲罵する。

二　僧侶の罵言。

おとま　子供の喧嘩《けんか》じゃアあるまいし、見っともないじゃアないか。

太十　はっつけ坊主。

　ト怒っている。おとま、[三]鼠《ねずみ》いらずから、牡丹餅《ぼたもち》を入れた丼《どんぶり》を出して、

おとま　[四]わるさをしてみたんだよ。[五]宗旨ちがいだがおあがんなさい。

太十　有難う。

おとま　[六]一ぷくお上がりよ。

太十　有難う。（ト喫《の》み）はっつけ坊主め。

　ト腹の立つこなし。徳兵衛は又寝てしまう。おとま、仕事場に下りて徳兵衛の[七]襟がみをつかんで引き起こし、

おとま　[八]性なしめ。

徳兵衛　何をしやアがる。

おとま　（徳兵衛の耳に口を寄せ）さっさと仕事をしないのかよ。明日《あした》納まらなかったらどうするんだ。

三　食物をいれておく戸棚。
四　いたずらにこしらえた、と手料理を卑下していう。
五　上戸（左党）のお前さんとは好みが違うが、の意。
六　たばこをすすめて。
七　襟上、襟もととも。
八　いくじなし。

徳兵衛　グズ〳〵言うな。明日《あした》納めりゃアいいんだ。死人《しびと》は二人はいねえや。　一ばかにされて。

おとま　そうはいかないよ。さっさと仕事をおしよ。

徳兵衛　いやだ〳〵。俺《おら》ア寝るんだ。

おとま　言う事をきかないのかよ。

徳兵衛　うるせえやい。

　トなぐる。

おとま　（むしゃぶりつき）畜生め、なぐりゃアがったな。

　ト二人、つかみ合う。太十、仕事場へ下り、いろ〳〵言ってとめる。
　徳兵衛、猛《たけ》り立ち、

徳兵衛　人を何だと思っていやがるんだ、そう〳〵こみやられてたまるものか。太十さん、打捨《うっちゃ》っといてくんなせえ。寝てえから寝るんだ。

太十　徳兵衛さん、お前まあよしねえよ。おとまさん、何だなア、お前もよくねえよ。

ト おとま、押入れをかき回し、風呂敷《ふろしき》を持ち出し、いろいろつめ、つ[二]いと土間へ下りる。太十、おとまの袖《そで》をつかんで、

太十　おとまさん、待ちねえよ、おとまさん――

徳兵衛　ヤイ、何処へ行きゃアがる。

おとま　誰がこんな所にいるものか。

太十　おとまさん、待ちねえったら――

おとま　放しておくれよ、いやだよ、わたしゃア――

ト振りきって表へ出る。徳兵衛あわてて表へ出て、

徳兵衛　ヤイ、待ちゃアがれ、おとま、待て、待て、待たねえか。

ト後を追い、上手へ去る。

太十、後を見送り、上[三]がり端《ばな》に腰をおろし、柱に背をもたせて、うつらうつらとしている。下手にて、

二　すばやく、さっと。
三　家に上がる入口。

声　[一]いたずら者はいないかな、岩見銀山鼠取り――

　ト勝蔵（三十七八歳）[二]中気の為に手足の不自由なこなし幟竿《のぼりざお》をかつぎ、箱を背負い、草履《ぞうり》ばき頬冠《ほおかむ》り、見すぼらしき装《なり》にて出てくる。

勝蔵　いたずら者はいないかな。（ト門口から内を覗き）いないかな〳〵。岩見銀山鼠取り、一服でコロリと取れる。鼠取り請合薬――。

太十　えゝ、うるせえな。

勝蔵　オヤ、虎鰒の兄いじゃアねえか。

太十　誰だ。

勝蔵　オゝ、兄いだ〳〵。

太十　勝か。

勝蔵　兄い、こんな所にいなさるのか。

太十　[三]お屋敷は隣よ。一寸《ちょっと》留守番を頼まれての。お前、久しく見ねえうちに、妙な形《なり》をしているじゃアねえか。マア、入《へえ》んねえ。

勝蔵　入《へえ》ってもいいかい。（ト這入《はい》り）どうも久し振りだな。

一　鼠取りの薬売りのふれ声。「いたずら者」は鼠の異名。「岩見銀山鼠取り」（底本の表記「岩見」は正しくは「石見（いわみ）」）は石見国（島根県）邇摩（にま）郡大森の銀山から出る礜石（よせき）（砒石）で作り、日本橋馬喰町三丁目の吉田屋小吉が販売元となって、行商人によって売られた。

二　中風とも。脳出血の後遺症をいう。半身不随や手足の麻痺（まひ）を伴う。

三　手狭な長屋住みを自虐的にいう。

太十　久し振りだなア。しかしまア形《なり》がすっかり変わっちまったなア。

勝蔵　兄い、聞いてくんねえ、御覧の通り、己《おら》アヨイヨイ[四]になっちまってねえ、賭場《どば》へ行って壺《つぼ》[五]を振って立てん棒[六]を立って貰おうと思っても、骨子《さい》を振りこぼすから立てん棒は立てて貰えずよ、甘《あめ》え物でも持って来て商売をしたらいいだろうというから、賭場へ羊羹《ようかん》や菓子を持って行くと、菓子の上へ水ッ洟《ぱな》をたらすから、一人も買い手がねえ。歩き使いをしたって足が利かねえし、拠所《よんどころ》なく今じゃア鼠取りになって、毎日歩いているのだが、まだ朝飯《あさめし》も食わねえ始末よ。

太十　そいつア気の毒だな。おめえ、甘い物が好きだったなア。腹っぷさげ[七]に食いねえ。

ト牡丹餅を出す。

勝蔵　兄い、食ってもいいかえ。

太十　いいとも〳〵。

勝蔵　済まねえ。御馳走《ごちそう》になりやす。

太十　茶もあるぜ。

四　手足が麻痺し、口が回らなくなった症状、状態。
五　博奕で賽子（サイコロ）を振る道具。
六　割り前（分け前）。
七　腹塞げ。正規の食事ではないが一時の空腹しのぎ。

ト茶を出す。勝蔵、牡丹餅をがつ〳〵と食う。

太十　何しろ、そりゃア困るだろうなア。

ト捨てゼリフいろいろあって食い終わる。

太十　勝や、鼠取りてえのは、どんなものだね。

勝蔵　種は礜《よ》石《せき》[一]だよ。

ト不自由な手で箱から薬包みを出して渡す。

太十　黄色い粉《こ》だな。

勝蔵　この粉《こ》で鼠を取るには、蕎麦粉《そばこ》を置いてその上にこいつをパラパラとふりかけるんだよ。鼠は蕎麦が大好きだから食うのさ。だが鼠ばかりじゃねえ、犬でも猫でも人間でもこいつを呑《の》んだひにゃア事だ。薬が強《つえ》えから、五体すっかり焼けちまう。こいつが風が吹いて目に入ると眼が真っ赤に

一　砒素を含む鉱物で猛毒。砒石とも。

たゞれちまう。こないだもこの薬を持った手で牡丹餅をこせえたものだから家中腹痛《はらいた》を起こして大騒ぎをやった人があったっけ。

太十　そうかえ。牡丹餅と言やア、此《こ》の薬を売っていて牡丹餅を食ってもいいのかい。

勝蔵　ナニ、商売だ、おらア手につけねえから大丈夫だ。

太十　己《おれ》の家《うち》に悪い鼠が出ゃアがって、こないだも重箱を噛《かじ》りゃがっていいましくってならねえのだが、少し分けてくれ。

勝蔵　あゝ、いいとも〳〵。さし上げます。（ト紙包みを出し）だがね、今言った通り取扱いに御要心だよ。

太十　済まねえな。だが己《おら》ア今銭が。

勝蔵　ナニ、いいとも〳〵。銭なんざアいらねえよ。牡丹餅を御馳走になったから。

太十　じゃア借りとくぜ。

勝蔵　不思議に利きやすぜ。その一服で鼠百疋《ひゃっぴき》は取れますよ。まアそれだけありゃア鼠は根だやしになりやすぜ。イヤ、鼠がいなくなると岩見銀山は上がったりだがね。

太十　豪儀に[二]お前、商売馴《な》れたな。

二　すっかり。

勝蔵　そりゃア食うと食われねえのさかいだから、一生懸命さ。あはゝゝ。ゆっくり話してえんだが、まだ回らなきゃならねえから、今日はこれで御免蒙《こうむ》ります。

太十　そうか。じゃア又来ねえ。ア、待ちねえ〳〵。（ト仕事場に下り、鉋《かんな》屑《くず》に牡丹餅をのせて）これを持って行きねえ。

勝蔵　済まねえなア。

太十　何か入れ物はねえか。

勝蔵　此の中へ入れて下せえ。（ト箱の中へ入れて貰い）済まねえな。それじゃア、もう一服置いていこう。

太十　ナニ、そんなに要らねえよ。

勝蔵　それじゃア兄い、御馳走さまでした。

太十　又、近所へ来たら寄りねえよ。

勝蔵　又寄らして貰います。（ト表へ出て）いたずら者はいないかな、いないかな〳〵。

ト呼びながら下手へ入る。太十、薬包みを取り、袂《たもと》へ入れようとして、上包《うわづつ》みを火鉢にくべる。煙が上がる。太十、じっとそれを見つめる。

[一]寺鉦《てらがね》の音。太十、はっとして表を見る。油蟬《あぶらぜみ》の声、木魚の音。

——幕——

（祭礼の太鼓にてつなぐ）

一　一つ鐘で、カン、カカカカカンと打ちあげる。歌舞伎では殺し場などに用い、凄味をかもしだす。

第 三 幕

(一)

太十の住居。五ツ半(午後九時頃)。

ト竜達、膳《ぜん》にむかい、酒を飲んでいる。おいちは酌をしている。小間《こま》に蚊帳が釣ってある。行灯《あんどん》のそばに蚊いぶしをかける。太十は門口で鯰《なまず》を料理している。

祭り囃子《ばやし》、遠くきこゆ。

おいち　よくまアそんな事をしていて、お上のお目こぼしがあったもんですねえ。

竜達　だからよ、今迄《まで》してえ三昧《ざんまい》の事をして来たから、心残りはちっともねえ。田舎へ引っ込んで、古寺《ふるでら》でも買って、これから安楽に暮らしてえと思っているよ。

おいち　まア、そう仰《おっ》しゃらないで、こんな所でよかったら一年が二年でも。

竜達　有難《ありがて》え〳〵。なア、おいちや。血筋というものは有難えねえ。昼間はあんな喧嘩《けんか》をして、すぐケロリとなおるというのも血筋だもの。銭金《ぜにかね》でいつまでいざこざするものかな。太十は喧嘩ッ早いが、あれで大根《おおね》は、さっぱりしたいい人間だ。可愛《かわい》い奴《やつ》よ。

太十　伯父さん、きつい乗せ[一]ようだね。

竜達　聞こえたかえ。豪儀に手間がかゝるじゃアねえか。いい加減に後片付けをして、此方《こっち》へ来て一杯やれよ。

おいち　後は私《あたし》が見るから、此方へおいでな。

太十　ナニ、もう直ぐだ。

竜達　お前にそう働かしちゃア済まねえな。ア、いい臭《にお》いだ、鯰はすっぽん[二]煮に限らア。半分の余《よ》、やっちまったよ。——さっきから太鼓が聞こえるが、なんだね。

おいち　今夜は八幡《はちまん》さまの宵宮[三]《よみや》ですよ。

竜達　そうか、何だか妙にしめっぽいから、あしたは雨かも知れねえぜ。

一　おだてかただね。「乗せる」は口車・おだてに乗せる、から。

二　料理法。「ナマズまたはアカエイなどを骨つきのまま適宜にこなして、ササガキ牛蒡を加え、酒・味醂・醤油・砂糖などでこってりと煮しめ、煮上り前に葱を加えてその煮加減に火を止め、器に盛って粉山椒または生姜の搾り汁をかける。美味スッポンに擬（まが）うとの謂である」（本山荻舟『飲食事典』）。

三　祭礼の前夜祭。富岡八幡宮（江東区富岡町）の祭礼は隔年八月十五日に行われ、江戸三大祭の一つとされた。

おいち　今年は本祭り[一]ですから、降らしたくないものですね。

　ト太十、鍋《なべ》を持って座敷へ上がる。

太十　これで、やっと片づいた。

竜達　まア一杯やれ。

太十　まア伯父さん、おやんなせえよ。

竜達　己《おれ》が買った酒だからって、何もそう遠慮することはねえ、伯父甥《おい》だ。遠慮なく呑《の》んでくれ。仲直りだ。

太十　そうですか。じゃアまア一杯御馳走《ごちそう》になります。（ト飲んで）空《す》きっ腹《ぱら》だから[二]剛的《ごうてき》にしみわたる。

竜達　久し振りの[三]般若湯《はんにゃとう》で、己《おれ》も滅法酔っぱらった。

太十　有難う。（ト猪口《ちょこ》を返す）

竜達　しかしなア、太十や、血筋はいいなア。何といっても血筋に限りますよ。血筋でなけりゃアこう早く仲直りはできません。（ト鱠を食う）

太十　血筋に限りますねえ。

竜達　うめえ〳〵。鱠は久し振りだ。見や、半分の余もたいらげちまったよ。

一　深川富岡八幡宮の祭礼は文化期以降、明治になるまで神輿（みこし）の渡御（とぎょ）は隔年（明治二年以後は毎年）で、休年を内祭礼とし、神輿の仮屋を表門内に建てたが、本祭礼の際は表門外に建て、寺社奉行の検閲を受けた。

二　「豪儀に」と同義、すてきに。

三　僧侶間の隠語で酒のこと。「般若」は知恵を意味する梵語で、知恵のでる飲み薬として飲酒戒に対抗した。

お前もやりねえ。
太十　己《おら》アあんまり好かねえのさ。
竜達　自分で取って来たものを食うのは厭《いや》なものだそうだ。一人じめじゃアすまねえな。（ト食う）だが、御馳走になって、言うのじゃアねえが、少し苦いねえ。
太十　苦い？　それじゃア火が強かったから、煮詰まったのかもしれねえ。
竜達　焦げついたのかえ。構わねえ〳〵。このほろ苦い所も又おつ[四]だよ。
二人　ハハハハ。
竜達　ナア、太十や、四五日したら躰《からだ》も、確《しっか》りするだろうから、上州へ行って、古寺《ふるでら》でも探すつもりだ。
太十　まアゆっくりしておくんなさい。さっきは虫の居処《いどころ》が悪かったので、あんなことをやらかしちまって、たった一人の伯父さんに申しわけがねえ。堪忍《かんにん》しておくんなせえ。
竜達　イヤ、己《おれ》も悪かったよ。
太十　ナニ、伯父さんは悪かアねえよ。なアおいち。
おいち　ア、、そうですとも。
太十　本当に済まなかったよ。伯父さん、己《おら》ア空きっ腹にやったせえか、少

四　正統美に対して傾斜美をさす江戸語。「乙（甲に対して）」「異」などの字をあて、普通と変わったおもむきのある意。一六〇頁注一参照。

し腹が痛むが、お前何ともねえか。

竜達　己《おら》ア何ともねえよ。

太十　そうかえ。

竜達　何だか己《おら》アおとらに会ってみたくて仕様がねえが、お前《めえ》おとらを何処《どこ》かへ売り飛ばしたのじゃアねえか。

太十　まだ疑《うたぐ》っていなさるのかえ。

竜達　どうせ己《おれ》の娘だから、碌《ろく》な奴じゃアあるめえ。会わぬがましか。

太十　まア、その方がいいでしょうね。

おいち　さア、熱いのがついてますよ。

竜達　どうぞおとらが無事でおりますように。妙法蓮華経〳〵。しかしなア太十や、おいちはお前には過ぎものだぞ。いい女房を持って、お前はとんだ倖《しあわ》せ者だよ。

おいち　オヤ、様子[一]のいいことを言うんですね。

ト酌をする。竜達、呑み、

竜達　ナア、おいちゃや、さっきの話のつゞきをしてやろうか。

一　そぶり・けしき。ここでは「調子の良いこと」ほどの意。

おいち　さっきの話？
竜達　ソラ、己《おれ》が後家をたらしこみ、いろ〳〵案[二]もんした揚句、寺をのっ取った一件よ。
太十　その話なら、己《おら》ア耳[三]にたこだよ。

ト竜達、盃《さかずき》を落とす。

おいち　伯父さん、どうしたの、勿体《もったい》ない。サア熱いのを。
竜達　痒《かゆ》い〳〵、疥癬《ひつ》がうずきゃアがって仕様がねえ。いけねえ、いけねえ。酒はもうよそう。
おいち　どうしたの。まだいくらも呑まないじゃアないか。
竜達　何だか頭がクラ〳〵して来た。顔がカッカして、おめえ達が二ツに見えるよ。己《おら》ア先へ寝るぜ。何だか急に胸が悪くなってきた。後は二人でやんねえよ。
おいち　それはいけないねえ。
竜達　ナニ、たいした事はねえ。

二　工夫魂胆した…。
三　同じことを何度も聞かされ、聞き飽きている。

トうつ向けに倒れる。

おいち　胸が悪かったら、寝た方がいいよ。

竜達　寝るよ、ねるよ。

おいち　一《ひ》ト寝入りして酔いをさまして。

竜達　顔が、カッカしてならねえ。太十や、己《おら》ア寝るよ。あっ、苦しい――

おいち　伯父さん、そんなに、つっぷしちゃアいけませんよ。ちゃんとおしなさいよ。直《じ》きに酔いがさめるから。

ト竜達を、蚊帳の中へ入れる。

(竜達の顔の仕替[一]《しかえ》の中《うち》、吹替[二]《ふきかえ》が蚊帳の中《なか》でうなっている事)

太十、この間《かん》、湯呑《ゆのみ》で酒を呑んでいる。

おいち　そんなに呑まないのに、ほんとうに、どうしたんだろう。

太十　むやみに食らやアがるからよ。

おいち　そうかも知れないね。鯰は大方平らげてしまったもの。(ト小声で)ねえ、お前さん、モウ脈[三]が切れているのだから、早く出て行って貰《もら》ってお

一　相貌が毒物によって不気味に変化するので、竜達役は蚊帳の後ろへ入り、メイクアップをし直す。

二　代理の役者。この場合、声音の似た役者が勤める。

三　金をとりあげる見こみがなくなったのだから。

くれよ。
太十　己《おれ》に任せておけよ。そのうち、いい事があらア。
おいち　わたしゃ世話をしきれないもの。
太十　片づけてくれ。
おいち　飲まないのかい。
太十　己《おら》アもう欲しくねえから片づけてくれ。
おいち　（徳利を振って）まだあるよ。
太十　もう沢山だ。
おいち　それじゃア一旦《いったん》片づけるよ。

ト膳を片づけ、皿や茶碗《ちゃわん》を持って台所へ下り、洗い物をする。遠く宵宮の囃子。太十、腹ばいになり、莨《たばこ》を喫《の》む。

太十　まだ四ツにはなるめえが、滅法世間が静かになった。雨気《あまけ》で今夜は涼しいから、久し振りに寝心地が――

ト蚊帳の方へ思入れ。[四] 竜達、うめく。

四　⇩用語集

竜達　ウーム、ウーム――

トおいち、台所より出て、

おいち　伯父さん、又苦しがっているよ、どうしたんだろう。（ト蚊帳のそばへ行き）どうしたの、苦しいの。

竜達　あゝ、苦しい〳〵。水をくれ。

おいち　水？　あゝ、ようござんすよ。今上げますよ。

ト竜達、蚊帳の中であばれて苦しむ。おいち、一五郎八《ごろはち》茶碗に水を入れて持って来て、内へ入り、

おいち　サア、水ですよ。

ト蚊帳の中でバタバタと苦しむ。

一　粗製で大型の飯盛茶碗。「五郎七茶碗」とも。

おいち　何ですねえ、子供見たいに、辛抱をおしなさいよ。

ト言いながら蚊帳の中へ入り、驚いて出てきて、

おいち　お前さん、大変だよ〳〵、伯父さんが——伯父さんの顔が——おじさんの——

太十　薬が利いたんだ。

おいち　えッ。

ト太十、思入れあって手拭《てぬぐ》いをもち、つと[二]蚊帳の中へ入る。竜達、ひょろ〳〵と蚊帳から出る。相好《そうごう》変わり、身体《からだ》中紫色に腫《は》れ上がっている。首に手拭いがまきつけてある。太十うしろから手拭いをしめる。

おいち、土間へ下り、掛金《かけがね》をかけ、ふるえる。竜達、がックりとなる。

太十、竜達の懐から財布をとり出し、懐に入れ、

太十　おいち、おいち。

二　すばやいさまを表す語。さっと。

おいち　はい。はい。

ト太十、血だらけの両手を示し、雑巾《ぞうきん》をもってこいと眼でしらせる。
おいち、足腰たたず、よう〳〵に台所から雑巾をもってくる。

太十　昼間買った鼠《ねずみ》取りを鱠の中へ入れて食わしたのだが、滅法利きゃアがった。人を長斎坊《ちょうさいぼう》にした罰《ばち》だ。三十両出しゃアいいものを。
おいち　どうしよう。どうしよう、とんだことをしておくれだねえ。
太十　葛籠《つづら》を出せ。
おいち　どうするの。
太十　いいからここへ出しねえ。（ト立ち）掛金は。
おいち　かってあるよ。

ト漸《ようや》く押入れから葛籠を出す。

太十　雑物《ぞうもつ》は出してしまえ。

一　なぶり者、ばか。「嘲され」の語の擬人名化。
二　衣服などを入れるかぶせぶたの大きな箱。

ト　おいち、中の物を出す。

太十　手を貸しねえ。

おいち　どうするの。

太十　入れるんだ。

おいち　伯父さんを。嫌だよ〳〵。

ト捨てゼリフにて、死骸を、葛籠に入れる。

おいち　南無妙法蓮華経〳〵。

太十　南無妙法蓮華経〳〵。あしたすぐに出立だ。京大阪《おおざか》を見物して、こんな金は奇麗さっぱり使っちまおう。

おいち　そうだよ、こんな処《とこ》にはいられないよ。

太十　己《おら》アこれを始末して来る。

ト座って、葛籠の[三]連尺《れんじゃく》へ手を通す。

三　物を背負うために麻縄などでできた用具。

おいち　見《め》っからないようにしておくれよ。
太十　大丈夫だ。のどがかわいて仕様がねえ。
おいち　お酒でも呑んでおいでな。
　ト立って、湯呑へ酒を入れて持って来る。
太十　（一ト息にのみ）表を見てくれ。
　トおいち、下りて表を見て、
おいち　大丈夫だよ。
　トおいち、後ろから、葛籠を持ち上げてやる。太十、重みに耐えかね、隣家の車[一]を思い出し、そとへ出て、そっと車をひいてくる。おいちに手伝わせて葛籠を車にのせる。この間《かん》、二人とも小声で捨て台詞《ぜりふ》。
おいち　わたしも一緒に行くよ。

一　大八車（荷車）。

太十　待っていろ、すぐ帰るから。
おいち　だって、恐《こわ》いもの。
太十　待っていろ。

ト太十、あたりをうかがい、車を引き下手《しもて》に去る。おいち、門口に立ち、後ろ影を見送る。薄く鐘の音〔二〕。おいち、内に入り、二重に上がるとき、壁にかけてある着物が落ちる。おいち、叫び声をあげる。元の所にかけ、雑巾で畳の上の血を拭《ふ》く。行灯《あんどん》がトボつく〔三〕。おいち、かんざしで灯《あか》り〔四〕をかきたてる。
此《こ》の時、下手より、竜達、フラフラと出てくる。おいちは血をふいたる雑巾を洗うため、戸を開け、竜達に気付かず井戸端へ行く。竜達、おいちとすれ違いて内に入り、上がり口に腰かける。おいち、水を汲《く》んで来て、内に入り、戸をしめ、掛金をかけ、上がろうとして、眼の前の竜達に心付き、悲鳴をあげる。

竜達　おいちや、今帰ったよ。
おいち　どうして――どうして伯父さんは――

二　かすめて打つ（遠寺の鐘という設定で、薄気味悪さをかもしだす演出）。
三　ぼんやり、薄暗くなる。
四　行灯皿の灯芯を出し、明るくする。

竜達　己《おら》ア死なねえ、死んでたまるものか。

ト言いながら二重へ上がり、立っている。

おいち　う、うちの人は。
竜達　太十は、今帰ってくる。
おいち　堪忍しておくれ。どんなことでもしてお詫びをしますから、伯父さん堪忍してやっておくれ。堪忍して——
竜達　百両返せ。百両の金を返してくれ。
おいち　お金は太十が持っています。屹度《きっと》返します。
竜達　屹度返せ。
おいち　屹度返します。
竜達　おとらは何処《どこ》にいる。おとらに逢いたいよ。
おいち　おとらちゃんは、佐賀町《さがちょう》のお医者さまの所に奉公しているから、明日《あした》にでもつれて来ます。
竜達　そうか。屹度、おとらに逢わしてくれるか。太十の帰って来るまで、待っていよう。

トこの時、行灯の灯《ひ》が消える。

おいち　あっ。

竜達　あかしをつけなよ。

トおいち、慌てて行灯に灯をいれる。竜達、いつの間にか蚊帳の中に入っている。

おいち　伯父さん〳〵、何処にいるの。

ト蚊帳のそばへ行く。

竜達　此処《ここ》だよ。（トひょいと蚊帳から、顔を出す）

おいち　きゃッ。

ト驚き、表へ出ようとして土間へ下りる。

太十が車を戸口へおき、戸を叩《たた》くのと同時。おいち又驚く。

太十　おいち、あけろ〳〵。

ト戸を叩く。

太十　己《おれ》だ〳〵。あけねえか。

トおいち、顫《ふる》えて、漸く戸を明ける。太十、飛び込み直ぐに掛金をかける。おいち、口が利かれず、袖《そで》を引っ張り、蚊帳の方を指す。

太十　[一]丸太橋から[二]水葬礼《すいそうれい》にして来た。永代《えいたい》まで行こうと思ったが、宵宮で人出が――

ト言うをさえぎり、

おいち　伯父さんは、帰っているよ。

一　深川富久町（江東区深川一丁目）から材木町（福住二丁目）へ渡る橋、油堀と仙台堀をつなぐ枝川に架かっていた。

二　死体を水中に投じてほうむること。ここでは単に水中遺棄にすぎないが。

太十　冗談言うな。己《おら》ア今、葛籠を打捨《うっちゃ》って来たんだ。
おいち　駄目だよ〱。そんな事を言ったって、今、伯父さんが帰って来て怒っていたよ。サア、早く行ってあやまっておいで。
太十　くだらねえ事を言うな。
おいち　蚊帳の中にいるんだから、早く行ってあやまっておいでよ。

ト太十の手を取って、蚊帳の傍《そば》へ突きやる。太十、覗《のぞ》く。

太十　ヤイ、おいち、伯父さんはいやアしねえじゃアねえか。夢でも見てやがるんだろう。車をかたづけてくる。

トおいち、不審の思入れ、尚《なお》居ると思い、あやまれと言うのを太十は振り切って表へ出る。

おいち　伯父さん、堪忍して——。

ト言いながら蚊帳の傍に行く。（この時、帯をほどいてある事）竜達の姿が見えぬに、おどろいて、下手へ行くと、その帯の端を蚊帳の中から引っ張られ、ズルズルと蚊帳の中へ引き入れられる。
おいち、うめく。
太十、車を元の処へ片付けて、内に入り、掛金をかけて、二重へ上がり、蚊帳の傍へ来ると、おいちがうなっているので、

太十　何だ。どうしたんだ、おいち、腹でも痛《いて》えのか。

ト蚊帳の中に入ると、おいちの死体におどろき、飛び出して上がり框《がまち》[一]まで来ると、下手よりおとまがあわてふためきて出て来たり、戸を叩く。

おとま　太十さん。おいちさん、大変だ、大変だ。
太十　（つくり声にて）あいよ、あいよ、おとまさんかえ。今ねたところだ。
　何だえ。
おとま　材木町《ざいもくちょう》へつかいに行くので、今丸太橋をとおりかかると、水死人が河岸《かし》へあがって黒山のような人だかり、よく見ると、それがまアおとらち

一　家屋の上がり口の床の横木。

ゃんなんだよ。おとらちゃんは身投げをして死んでしまったんだよ。直ぐに引っ返して知らせに来たんだ。起きなさい、起きなさい。

太十　そうかえ、そいつアとんだ事だ。

おとま　太十さん、おちついているところじゃアねえよ。おいちさんはどうしたのさ。（トじれる）

太十　（口ごもり）おいちは寝ている。

おとま　ええ、他人事《ひと》じゃアねえよ。早く行っておやりよ。

太十　行くよ、すぐに行く。

おとま　丸太橋の河岸ッぷちだよ、エ、、じれってえ。私《あたし》は先へ行っているよ。

ト一散に下手へ入る。

太十　おとらの死骸が丸太橋——葛籠を投げこんだのも丸太橋——

トここにはいられぬという思入れ。蚊帳の方へ手をあわせ、手早く身づくろい、行灯を消して外へ出る。囃子の音、たえだえに聞こえ、くらやみの中を舞台しずかに回る。

（二）

丸　太　橋

花道より、新内流し[一]二人、弾きながらに出る。

中央より、上手《かみて》へ画心《えごころ》[二]に丸太橋。正面寺町《てらまち》の遠見《とおみ》[三]、下手石置場。柳の立木。道具とまり、舞台明るくなる。

ト橋のたもとに菰《こも》をかぶせ、おとらの死骸がころがしてある。まわりに遊び人[四]、提灯《ちょうちん》をもちたる手代《てだい》[五]、商人風の老人、相撲取り、鬼灯《ほおずき》[六]屋、夜鷹《よたか》[七]二人、その他大勢、ワヤ〳〵言っている。おとま、死骸にとりすがり泣いている。芸者、酔って橋をわたってくる。あとから箱屋[八]がついてくる。

一　幕末期に盛行した浄瑠璃の一流派で、二世鶴賀新内以降、鶴賀節から新内節と名称を変え、劇場から離れて、吉原や岡場所などの花柳界を中心に流しの芸能となった。新内の流しとは街頭を歩き、高音と地音の二挺の三味線を弾き合わせて、客を求め、祝儀を貰う業態をいう。

二　情景が絵画的に美しくととのっているように、との作者からの舞台装置者に対する注文。

三　⇨用語集

四　一四一頁注三参照。

五　商家の使用人、丁稚の元服した者をいう。

六　宝暦前後には子どもが売り歩いたが、幕末期では大人の行商となり、「ほおづきや海ほおづき海ほおづき、丹波ほおづき丹波ほおづき」（歌舞伎『短夜仇散書（みじかようきなのちらしがき）』文化十年）との売り声であった。

七　街娼。手拭いを吹き流しにかぶり、真蓙（ござ）を丸めて抱えるのがパターンの姿として知られる。

八　三味線箱を持って芸者の供をする男衆。

芸者　ア、、お客にすすめられて、すっかり酔っぱらっちゃったよ。

箱屋　姐《あね》さん、足元が危ないからお気をつけなさいよ。

芸者　心配おしでない。大丈夫だよ。

　ト群集を見て、

芸者　ちょいと〱、どうしたのさ、酔っぱらいかえ。

遊び人　オヤ、姐さん、御機嫌だね、ナニネ、今、土左衛門[九]が上がったんだよ。

芸者　土左衛門。

箱屋　姐さん、そんなものを見ちゃアいけませんよ、早く行きましょう。

　ト下手へ入る。祭りの若い者、五人、上手から出る。

若者一　まだ九ツ[一〇]前だろう、何処かで一杯やろうじゃアねえか。

若者二　今夜は宵宮だ。あした御神輿《おみこし》をかついでから皆で飲みゃアいいじゃアねえか。

九　水死体。

一〇　夜十二時。

トワヤ〳〵言いながら出て、此《こ》の体《てい》を見て。

若者三　何だ〳〵。喧嘩か。

若者四　何だ喧嘩だ、喧嘩なら、おれが買ってやろう。(ト片肌脱いで前に出る)

角力《すもう》　喧嘩じゃアないわい。土左衛門が揚がったのじゃ。

若者四　ナニ、土左衛門だ。

若者五　兄弟、よしねえ〳〵、宵宮に土左衛門なんか見たひにゃア縁起が悪いや。サア、行こう、行こう。

トワヤ〳〵言いながら下手へ入る。

おとま　おとらちゃん〳〵。(ト死骸に取りすがって泣く)

遊び人一　オイ、おかみさん、死骸に障っちゃいけねえ。役人が来ると怒られるぜ。

遊び人二　己《おら》ア運よく船頭が土左衛門を此処《ここ》へ引き揚げた処へ来合わせたか

ら、はなッから[一]見ていたが、役人は何をしているのだ。

手代　船頭は疾《と》っくに番屋[二]へ行ったのだが、可哀想《かわいそう》に、仏をいつ迄ほったらかしておくつもりだ。

角力　かぼそい手足の具合じゃア、十六七のいい娘だ。

鬼灯屋　女の子の身だしなみで、死ぬ間際に髪を結ったと見え、めっぽういい油の匂いがする。何しろ惜しい事をしたものだ。

遊び人一　（おとまに）お前さんは、此の仏の身よりかえ。

おとま　家《うち》の隣の娘だよ。今は佐賀町にいるけれど、昨日家《きのううち》へ尋ねて来たよ。おとらちゃん、死なずと仕様もあったろうに。太十さんも直ぐにくるよ、おばさんも来るよ。

ト薄く雨の音。

遊び人二　おかみさん、さわっちゃアいけねえというに。

遊び人一　どうやらこりゃア本降りになりそうだ。しまいまで見届けてえが、仕方がねえ、帰ろう〳〵。

遊び人二　こいつア祭りは雨だな。

一　最初から。
二　町の自身番（現在の交番で町の自治）に雇われる番太郎の住む番小屋。

ト二人、下手へ入る。鬼灯屋も去る。群集一人去り二人去り、相撲取りとおとまの二人が残る。

角力　おかみさん、いつ迄泣いていたって仕様ことがない。雨は降ってくるし、仏が可哀想だ。さっき船頭の行ったという材木町の四ツ角の番屋へ行って、早く始末をつけて貰いなさい。

おとま　あい、そうしましょう。

角力　それがいいよ〳〵。

ト相撲取り、色々言いながら、おとまを下手につれて入る。雨の音。と、竜達、死骸のそばに雨に濡《ぬ》れそぼち、しょんぼりとしゃがんでいる。

花道より太十、物につかれた様にうろ〳〵と出て来て、橋を渡ろうとする。

竜達、すっと立ち上がり、

一　相撲取りを舞台に残したのは、その大きな体で、観客の眼から竜達の姿を隠しておく演出意図による。ふいに竜達が立ちあがるので観客ははじめてその姿を認め、びっくりする効果があがる。

竜達　オイ、太十や、太十や——

　　ト呼ぶ。太十、振り返る。

太十　あッ、お前は——。

　　トおびえ、手摺《てすり》の方へすさる。竜達、手をさしのべてそばへ寄る。太十、もんどり打って川へ落ちる。二
　　竜達、橋の上より、じっと水面を見こむ。
　　雨、沛然《はいぜん》とふってくる。
　　竜達、死骸に向かい、手を合わせる。

——幕——

二　頭からころがって。

芸談

御浜御殿綱豊卿

初演の時の思い出　　三世市川寿海

帝劇へ来て『御浜御殿』を出しておりますが、これは東京で出るのは珍しく、今度で多分十三四年目ぐらいになるのではないかと思います。

真山先生がこの脚本を書かれたのは、左団次さん（先代〔二世市川左団次〕）が歿《な》くなる少し前のことでした。

『元禄忠臣蔵』の長いシリーズの中では最後から二番目に書かれたものです。

書卸しはもちろん左団次さんで、その時は綱豊卿が左団次さん、富森助右衛門が沢瀉屋〔二世市川猿之助＝猿翁〕さんで、私は新井白石に出ていたのでしたが、この時左団次さんが少し弱っていられたので急に私が代役を仰せつかったのでした。この芝居が出る時には、いつもその時のことを思い出さずにはいられません。

御覧のようにとてもセリフの多い役で、書抜きだけでも百何枚とある役なのです。それを、私は白石ですから、一、二日は左団次さんのを拝見さして貰ったとはいっても、それからあとは拝見していないものですから、どうにも引受けられるものではなかったのですが、何しろ左団次さんが倒れられて、他に代わりをする人がないというので、とにかくお引受けしたのでした。

真山先生のお作は総体セリフが多いのですが、その中でもセリフが多いので有名なこの役のことですから、とても一晩や二晩で覚えられるものではありません。とにかく急場の間に合わせというので、左団次さんのお弟子の彦蔵という人にプロムプターになって貰って、セリフをベタ付けに付けて貰って、やったのでした。セリフの方はそうやってどうにかお茶を濁すことは出来ましたが、困ったのは、「笑う」ことです。この役では、セリフの間に笑うところが多いのですが、セリフを付けている彦蔵が蔭から「そこで笑うんです」と言っては呉《く》れるものの、笑えと言われてすぐに笑えるものではありません。こんなことで大間誤《おおまご》つきに間誤ついていましたが、どうやら五日目ぐらいには、やっと覚えることが出来ました。謂《い》わゆる名セリフと言われるようなものの連続で、言っている間は大へん苦しいのですが、その上尚《なお》困ることは、何しろセリフのやりとりで次々と積上げて行くような性質の芝居ですから、言っていると咽喉《のど》がカラカラになるのに、少しもセリフを抜くことが出来ないことです。慣れてくれば少しは要領も分かって楽になりますが、何しろ書卸しで、しかも突然の代役ですからその時の苦しかったことは、今でも忘れることが出来ません。

元の脚本で言いますと、最後の富森と綱豊とのやりとりは、今やっていますのよりもずっとセリフが長く、舞台も半廻しにすることになっているのですがこれは初演の時から、今のように変わったのです。

また能の扮装は、元の脚本では知盛ということになっていて富森との立廻りも今のよりはもっと多いのですが、知盛の扮装をしていてあれ以上の立廻りをして置きながら、そのあとであの長ゼリフをいうことは全く不可能ですから、左団次さんや真山先生が相談して、今やっているような『望月』に変えられたのです。これですと見た目にも派手ですし、身体《からだ》も楽で、立廻りがしやすいのは勿論、セリフを言うのもずっと楽になるわけです。

（昭和二十九年十一月帝国劇場所演、『幕間』昭和二十九年十二月）

富森助右衛門　六世坂東簑助（＝八世三津五郎）

歌舞伎座の舞台に立つのはこの前、父（〔七世〕三津五郎）と『寒山拾得』を踊って以来五年ぶりで、ほんとうに嬉しく思います。役は『お浜御殿』の富森助右衛門と『朝顔日記』の岩代とですが、助右衛門は成田屋の兄さん（〔三世市川〕寿海）の綱豊卿で再三やりました。

作は御承知の通り真山先生の作品で、一分の隙《すき》もないくらい、非常によく練り上げられたものですが、しかしこの作が出来た時代と今とでは、すっかり時代がちがっているために、今度の上演では、それに対する顧慮から、例えば非常に難しい原作のセリフを、今の誰にも分かるよう平易な言葉に言い換えるとか、そういう程度の改訂が多少加えられました。主演者の〔九世市川〕海老蔵（＝十一世団十郎）さんが真剣にこの芝居と取組まれ、細かく神経を使って検討された結果、演出者の巌谷〔槇一〕先生と相談された上での改訂です。ですから今度のは、いつもの『お浜御殿』とは少しちがうところもあるわけです。

私の役の助右衛門というのは非常に面白く、またやり甲斐のある役です。自分より数段上の人物の綱豊卿に、敵わぬながらも真正面から必死になってぶつかり、その勝負に見事打ち負かされながらも、相手の大きさに感激する。そうした二人の激しいぶつかり合いが、この芝居の面白さでしょう。

真山先生の作品は非常に緻密な配慮が行き届いていて、実にガッチリしたものです。この芝居でも、助右衛門が最後の場で使う手槍について、前の方で綱豊卿が助右衛門を見て「見馴れぬ手合いじゃな」というところで「上杉公のお供揃いの中に紛れ込み云々」というセリフでちゃんと槍の出所を説明しているといった工合に、実に周到な用意が施されているのです。ですから先生の芝居では、どの役も忽《おろ》そかにできません。例えば『頼朝の死』に出てくる大江広元など、ただじっとしているだけの役ですが、しかし芝居の構成の上からは、どうしてもなければならぬ大切な役です。ですからこれをやる役者は、しょっちゅう神経を使っていなければなりませんが、このように、一つ一つの役に重要な意味を持たせ、しかもそれが実によく描かれている点が、真山ものの一つの特色です。（昭和三十六年五月歌舞伎座所演、『幕間』昭和三十六年六月）

お喜世　七世中村福助（＝七世芝翫）

『元禄忠臣蔵』お浜御殿のお喜世をやっていますが、この『お浜御殿』というのは、先代〔二世市川〕左団次さんの後には、前進座を別にすると、〔三世市川〕寿海さんがやっておられるだけで、私はまだ一度もこの芝居を見たことがありません。以前に私ども菊五郎劇団でこの『元禄忠臣蔵』をシリーズものとして連続放送したことがあったのですが、どういうわけですかその時にもこの『お浜御殿』だけは出ませんでした。それを今度始めて上演することになったわけです。

大体私どもの菊五郎劇団では真山先生の作品をあまり上演していませんが、この『お浜御殿』などは、真山先生の傑作の中でも傑作といわれるものなのですし、それにこれは現代の東京の観客にも向くのではないかと思われますから、今度の上演を機会に、劇団でこの方面を開拓して行くのも、一つの方法ではないかとも思われます。時間的にずいぶん長い芝居なのですが、その時間を感じさせないというのも、やっぱり作がいいからでしょう。そこに作者真山先生の腕前が表れているわけです。

この芝居ではやっぱり真山先生の作品らしく綱豊にしても助右衛門にしてもずいぶんよくしゃべりますが、私の役のお喜世は、あまりしゃべりません。動きも殆んどない役です。このお喜世というのは実在の人物で、この芝居には出ていませんが、実説では綱豊卿の子を生み、その子が後に将軍になったので、将軍の母として、江戸城に入り、大へんな勢力を持つようになった人だそうです。それに、この芝居の初めのほうでお喜世をかばう祐筆の江島というのも、やっぱり実在の女性で、この人も後に江戸城内に入り、あの有名な江島生島の事件を惹き起こしたのだそうです。この江島の役に今度は兄〔六世中村〕歌右衛門が、単なる御馳走の意味でなく、出ていますが、皆さんから、兄が江島に出ていることによって、舞台が大きくなったという御批評を頂いているようです。私としてもこの批評は大へん嬉しく、私の口からこういうのはおかしいかも知れませんが、身内の私もこれには全く同感です。

（同前）

〔編著者注〕芸談の引用に際しては、漢字表記、仮名遣い、ルビの付け方などを一部改めた。また、見出し「富森助右衛門」、「お喜世」は、『幕間』掲載時の見出し「久しぶり歌舞伎座で」、「始めての真山もの」を変えたものである。なお、文中の〔　〕内は本書編著者の補記である。

解説

御浜御殿綱豊卿　三幕五場

〔初演年月日・初演座〕 昭和十五年（一九四〇年）一月、東京劇場。
〔作者〕 真山青果（一八七八―一九四八）。本名、彬《あきら》。筆名、新派座付作者時代には亭々生の名を用いたが、『玄朴と長英』（一九二四年『中央公論』に発表）以後の史劇には真山青果の名を用い、以来この名をもって知られる。
〔初演の主な配役〕 綱豊卿（二代目市川左団次）、富森助右衛門（二代目市川猿之助、後の猿翁）、お喜世（二代目中村芝鶴）、江島（十二代目片岡仁左衛門）、新井勘解由（六代目市川寿美蔵、後の三代目市川寿海）など。
〔題材・実説〕 青果の『御浜御殿綱豊卿』はそれ自身独立した鑑賞にたえる力篇であるが、青果の代表作であり、大長篇連作戯曲『元禄忠臣蔵』中の一篇であり、ほぼその中央部にあり、この大史劇中もっとも人気ある、上演回数の多いものとなっている。
戯曲本文を読まれた方は知られるように、この一篇全体を通じて、大石内蔵助はただの一度も登場しない。主役は題名通り綱豊であり、大石は度々登場人物の口に上るが、遂に姿を見せることがない。がそれでいて、大石が劇を引きずる大きな力となっていることは明白である。
この作品の根底になる歴史的事実については、まさに無数の相異なる解釈が入り乱れているわけだが、ここではまず作にもりこめられた青果の解釈に従って史実をたどり、その後それに対する私の判断をのべ、更に進んでこの作の歴史的意味、及び何よりも大切な文学的、芸術的意義、ないし価値に及びたいと思う。

元禄十四年（一七〇一年）四月、大石内蔵助は約一月前の主君内匠頭の江戸城内の刃傷による幕府裁断にもとづき、赤穂城城受け取りの幕命を受けた上使、目付け達に対し、内匠頭の弟、大学をもって浅野家再興を許されるべく、幕府における御尽力を頼み奉ると、再三にわたって嘆願したのであった。青果によれば、これは大石の「一時の方便」であり、心中すでに仇討ちの決意はしかとあるのだが、その時点でもとより本心は言えず、騒ぎ立てる三百余人の浅野家中の心をいったん鎮《しず》めるためには浅野家再興の希望を幾分でも持たせる以外にないと、ついこういう嘆願に出たのであった。それも一度ならず、成り行きで両三度、面《おもて》に熱意を見せて嘆願せざるを得なかった。

上使、目付け達は初めは困惑して返事をしなかったが、大石の執拗な熱意に動かされ、一つには城内見回りの際に感じた大石の無類の事務的誠実さ、細心の見事さを口を揃えてたたえ、江戸へ帰れば早速老中達に申し上げて大石ら家中の念願達成に努力しようと言い、重ねて大石の労と手腕をほめて機嫌よく帰って行き、その間《かん》家中一同は静まり返って文句一つ出なかった。

大石はしすましたりと心に喜び、一方では自分が嘆願した浅野家再興の実現など決してあり得ないと安心し切っていた。内匠頭及び浅野一党に対する将軍の憎しみは当初甚だしくきつかったからである。

しかるに上使、目付け達が江戸に帰って状況の報告、なかんずく大石の力量、細心、更に家再興の嘆願を語るに及んで、事態は意外な方向に流れ出した。すでに江戸市民の間では浅野様いとしや、吉良憎しの声があふれている。将軍は権力者だが、同時に世上の声に弱い。はじめ吉良に同情して内匠頭をひたすら憎んだ綱吉の心も動き出す。移り易いは人の常だが綱吉は特にこの傾向が強い。将軍が動けば老中も動く。老中が動けば幕府全体も動く。

波紋は大石の思惑とは逆の方向に大きく広がり出した。江戸の声は京都にも飛ぶ。目付け達の口からもれた「赤穂の器量人、大石」の名は、江戸から京都にとび、江戸町民の間にも流れ、広く世間に知られるに至った。大石は「昼行灯」のあだ名を返上した。が大石の苦悩はこの頃より次第に深くなった。

京都近衛関白家では、器量人大石の声に是非内蔵助を我が家に仕官させたいと願い、本人に問いただすと「浅野家の先途を見とどけぬうちは」と、大石は再び心にもない浅野家再興を言い出さざるを得なくなる。それではとばかり近衛家では自家より綱豊に嫁した綱豊奥方に働きかけ、妻より迫って綱豊から将軍家への浅野家再興の嘆願をせき立て、近衛家当主からもくり返し手紙を呈して同様の将軍への直願をやかましく催促する。

外には読者も知られる、内匠頭夫人つき老女からの、綱豊が愛するお喜世を通しての浅野家再興内願に対する切望もある。

これらの事はすべて、城明け渡しがすみ、残務整理を終えて、山科《やましな》に移った大石に伝えられずにはいない。大石の苦しみの根源はここにあるので、彼が伏見撞木町の遊里にうかれ出したのは、この苦しみをまぎらすためであった。あるいはこの苦悩にたえて、自己一代の不覚を何とかやり過ごし、初一念、つまり吉良を討って主君の無念を晴らすまでの、自己をもちこたえるためであった。

即ち、ここに青果の大きな独得の史的解釈があるので、学問的にも問題になる所である。青果は敵をあざむくための計略とする、『仮名手本忠臣蔵』以来の大石遊蕩に対する伝統的定説に異をとなえるのである。

青果の見る大石によれば、浅野家再興の願いは、家中をおさめるための当座の方便であって、初手から実現の見込みなしと思えばこそそう言ったのである。しかるに事はまるきり逆に動き出した。再興の願いがつぶれてくれれば自分は救われる。がふと言い出した願いが成就すればどうなるか。上使や目付けに願ったとは言え、つまりは自分達が幕府に願い出したのである。思いがけなくその事が成って、しかもなお吉良を討つのは、理論的矛盾であり、道義的不当である。あまりにあつかましいことであり、世をもてあそぶものである。大石はこの苦痛にたえるに悩んで遊里に通うのだ。

大石の遊蕩の心理をこのように解釈するのは、歴史的事実と言い得るか。これは非常に難しい、深刻な問題であって、故人であり、今日までの義士研究家の第一人者である渡辺世祐氏は、青果の解釈を「非常にすぐれたものだが、しかし間違っている」と確言している。私見によれば、史実錯誤はともかく、渡辺氏ほどの人が、間違っていると言いつつ、非常にすぐれたものと言わざるを得ないところに、青果の面目がある。疑う余地もなく青果はそこに自己の魂をぶちこんだのであって、私は青果の大石遊蕩についての心理解釈は青果ならではの高貴なものだと思う。

何故《なぜ》青果はこう考えたか。それは大石が初手から、つまり主君の刃傷と即日の切腹を聞いたその時から、終始を通じて吉良を討って主君の無念を晴らそうと決意していたとすれば、こう考えるのが一番筋が通るからである。青果によれば大石は浅野家再興嘆願において大きな過失を犯したのであるが、その過失故に悩む大石の姿は気高いと言ってよい。過失をおかしたのなら身をつつしめばよいのに、遊里に突進するのは不当ではないかというのは、あまりにも卑近な今日的判断であって、私はむしろ青果は実在の大石以上の美しい、厳格なモラリスト大石を創造したと言えると思う。

ただここでいささか難問となるのは、大石をこう考えるためには、再三に及ぶ大石の上使や目付けへの執拗なお家再興嘆願を、当座の方便、ふとした不覚と考えるのが非常に考えにくいということと、今一つは願い出た浅野家再興成就と、吉良家討ち入りとが相容れず、両立せず、二者ともに取るのは社会の公道をもてあそぶものだと考えるには、近代人のモラルを要するということである。しかし青果は自己の心眼に映った大石の姿を刻まずにはいられず、そのため細密な史的探索と熱誠な作家修練とを使いつくして、遂に観客、ないし読者に不自然の感なからしめるのに成功したのであった。

青果は大石のこの悩みを『伏見撞木町』において表から描き、引き続く『御浜御殿綱豊卿』において裏から描いた。本書の『御浜御殿』は昔ならば義士外伝と称すべきものである。がこれを『元禄忠臣蔵』中の最大の圧巻としたのは、青果の芸術家としての勝利であった。

ここでもまた青果は、綱豊において自己の魂を吹きこんだ。もとよりわざとそうしたのではなく、史的真実と生きた人間を創造しようとして必然的にそうせざるを得なかったのであった。近衛関白家や、そこから出た奥方の綱豊とのかかわりは事実である。内匠頭夫人の乳人《めのと》の熱願もまず事実である。お喜世も実在の将軍生母となり、綱豊に愛されたに違いない。が綱豊が大石の心をこう読んで、人の情と世上への義憤から大石のふとした願いをもみつぶしたとは、どこに史的証拠があるわけではない。青果がおのれの魂をぶちこまなければどうしてこんな人間が刻めよう。しかもこれを観て、その場でこれは嘘だと感じる人がいるだろうか。

ここにもまた、可能な限りの熱誠な史的探求と共に、史実と芸術家の魂の格闘があったのだ。歴史文学、歴史劇の困難はこの一篇において頂点に達し、それをのりこえることによって、その後の史的研究の進歩にもかかわらず、『御浜御殿』は古典として生き続けることが出来たのであり、今後も生きるであろう。

最後にもうひとつ言わなければならない大事なことは、青果はこの一篇を通じて、人が事を成すに当たっての第一義は、事が成るまでの過程であり、筋道であり、やり方の正しさであって、事の成功失敗ではないということを強調しているという一事である。これも作の芸術的な必然が止み難くこの強調となったもので、青果の渾身の気質が自然に発動したのであった。このためには人は事を成すまでに誠心をつくし、考慮をつくさなければならない。人としての最大肝要事はその誠心そのもの、考慮そのものであり、成功ではない。よしや成功しなくても、その誠心、考慮は傷つけられず、生きて働くのだ。

具体的にはこの広い意味での思想は、大詰めの綱豊が助右衛門の襟髪つかんでの叱咤、厳しく、激しく、しかも情にみちた台詞に明白な全開を見せるのだが、同じものは作の初めから静かに流れているので、次第に姿を明らかにしつつ、大詰めに至ってその力強い結晶となるのである。

更に言えば、このテーマ、人間の最大事は事をなすに当たっての、過程であり、やり方であり、方法の正しさであって、結果の成功ではないという主張は、全『元禄忠臣蔵』の最主要の姿勢であって、この『御浜御殿』において頂点に達しているのである。これは今日ややはやりとも見える功利的結果主義、あるいはわれわれ弱い人間の永久におち入り易い成功第一主義に対する青果の全心の反抗であって、いかにも青果らしい作と言うべく、ここにこのテーマを主としつつ、大石の心理分析と綱豊の人物創造を合わせ、細密の史的探求と劇術家の技術的巧緻と作家の魂の発動を結合させ、この日本文学史上、また演劇史上、稀に見る高い倫理性と芸術性をもった名作を得たことを、私は喜ばざるを得ないものである。

〔鑑賞〕　青果の劇は一般に外見やや堅苦しそうな感じを与えるのだが、現実に舞台、または戯曲によく接すると、例外なく十分な面白さとこまやかな味わいと、更に言うまでもない激しい緊迫し切った高調とをたっぷり蔵して、観客、ないし読者を堪能せしめるのを常とする。『御浜御殿綱豊卿』はこうした青果劇の特色を遺憾なく発揮した、その頂点に立つものである。

まず上の巻は、一口に準備の幕と言うべく、ここでの最高の観どころは、むしろ主筋ではないお浜遊びの丹念な描写であろう。子供の巡礼、七里飛脚、飯盛女と伊達奴《やっこ》のやりとり等、青果がいかに時代の風俗に徹して、丁寧に、こまやかに、あるおかしみをまじえて描きぬき、客を楽しませつつ、これを劇の厚味としているかを観られたい。

この場の聴き所としては、綱豊がお喜世から助右衛門が浜遊びをすき見したがっていることを聞いて、思いやりと情熱をこめて俺が許す、存分に見せてやれと言う一節であろう。綱豊はここで初めて人格の強い一面をみせるわけである。他の作家ならここをもう少しあっさり言わせるかも知れないが、やはりこれには青果一流の迫力と、くどさに至らぬ程度のたたみかけるような調子がある。

大体この綱豊は、助右衛門によれば「遊惰に身をやつす」とされているのだが、遊惰のさまは見えず、優しく、気高く、しかも時に応じて凛然たる姿も見せる、時代の中での理想的な武士、殊に女性の眼から見て理想的な男性として描かれている。元来『元禄忠臣蔵』には『仮名手本忠臣蔵』の勘平の役所《やくどころ》がない。が強いてこれを求めればこの綱豊こそ、内容は大いに違うが、勘平に当たる役と言える。彼はあらゆる点で「いい男」でなければならず、作者もそのように描いているし、演者もそのように役作りすべきであり、観客もその点をよく味わってほしい。

それからお喜世であるが、彼女は愛されている女としての自信と自覚を持っている。相手の男は主君であり、正室を「同《おな》い年様《どしさま》」と煙たがって、お喜世をこよなく愛している。お喜世は賢い女であるから、調子に乗らず、家臣としてのつつしみを忘れはしないが、愛されている女としての自覚はいやでも心にしみこまざるを得ず、しみこんだものは表ににじみ出ざるを得ない。それはある抑えた自信ともなり、自然な男への優しみともなり、ある気恥ずかしい喜びともなろう。このデリケートな女の姿は役者の器量の見せ所でもあり、とくと味うべきもので、これは一篇全体に通じるのである。

更に序幕で大事なことは、主人公綱豊が登場するまでの、重厚で、落ち着いて、丁寧な積み重ねの、見事な、堂々たる劇の姿であろう。助右衛門とお喜世の争い、浦尾のお喜世への詮索、江島の出現と浦尾を追い出すくだり、続いて江島とお喜世の語らい等、それぞれに心を引くものでありつつ、劇の基礎となるべき根本の大筋が、ごく自然な人生の進行の中で、どっしりと、たっぷりと語られるのである。

青果はこういう時、決してあわてない。例外もあるが、さっと切り上げるということを滅多にしない。平然と腰をすえて、じっくり構える。そして事を次々と重ねて行く。青果は観客を無視しているのではなく、逆に観客を信じているのである。同時に演劇というものの自然な力を信じているのである。故に観客も読者も作者の信頼に応じなければならない。いらいらしてはいけない。いらいらしないでいいだけのものを青果は用意していることを、私は確言する。

次に中の巻では、二場に別れる初めの場は、新井勘解由、即ち白石が登場し、この地味な大学者の風貌は勿論役者の力量を要求するが、綱豊と勘解由の、微妙な人間関係の美しい描出が、この場全体のカン所と言える。

勘解由は綱豊の学問上の師であって、同時に禄を頂く明白な家臣である。綱豊は勘解由の敬愛止まない真実の弟子であって、しかも厳然たる主君である事実に変わりはない。勘解由は家来としてのへりくだりを失ってはならないが、師として綱豊への愛情と共にその言動を見守り、立派であればこれをほめ、もし非あらば正すの姿勢を持つのが当然である。綱豊は勘解由に仰ぎ見るような心を持っているが、主君としての威儀は保たねばならない。

この微妙な関係は、二人とも聡明でよく出来た人であるから、見事な調和と均整とを保持しており、加えて両者いずれも心のままの自然な表出であって、そこに一点の飾りもいつわりもあるべくもない。

青果はこの美しい情宜《じょうぎ》の姿を、綱豊が入って来て、勘解由が綱豊に上席をすすめるくだりに明らかに記し、指示しているが、これはこの時に限らず、この場全体ににじみわたるべきで、青果はにじみわたるように書いており、演者としても苦心の要る所であり、観客、読者もこの点をとくと味わってほしい。

聴き所としては、例えば堀部安兵衛の友人細井広沢が、礼記の本文「父の讐《あだ》は倶《とも》に天を戴かず」の「父の讐」を「君父《くんぷ》の讐」と書きかえ、その事の是非を勘解由に問いただす話を、勘解由が綱豊に語り、本人も泣き、聞く綱豊も感にたえるくだりなど、執筆時、初演時にあっては時代の中での圧倒的な感動を引きおこしたであろうが、正直に言って今日ではそれほどの感銘をもたらすとは思えない。

私はそれよりも、勘解由が学者としての仕事の苦心を語り、かつ心せわしい自己を半ば嘆き、半ば笑い、さわやかに語って、綱豊が主君の身で「これもお道楽でござりますな」と言うあたり、あくまで自然で、真実であって、芸術家であって学究でもあった青果の本心ものぞいていて、興味深く、味わい深い。

劇の主筋の内容進行については、序幕と似たようなことが、より深められた形で両人の対話のうちに、自然にすすめられて行くのである。すなわち浅野家再興にかかわるくさぐさの事と、吉良家討ち入りとの道理関係などであるが、これはくどいとは言えず、事柄そのものが深刻な、難解なことであり、下手をすると観客の理解しそこなうことにもなるので、青果としてはやや反復にも似た手法をとり、新たな真実と道理とを加えて、歩一歩観客の頭に事の核心と具体相をたたきこもうとしたのである。これは十分に成功しているが、青果一流のしぶとさも出ていると見られる。

　同じ中の巻の場面が回り舞台でくるりと変わると、釣殿から対面所へかけての渡り廊下となる。ここは文字通りのつなぎの場であり、作劇法によってはつけない作者がむしろ多いであろう。前場の終わりで綱豊が江島に助右衛門を連れて来いと命じているのであるから、幕はいったん降ろしても、すぐ元の対面所への助右衛門の出現となっても、論理的には不都合とは言えない。しかし青果はそうはしないのである。番人に引っ張られ、奥女中にからかわれ、渡り廊下をこわごわ、立派とは言えぬ姿で、わざとどもって見せたり、酔ってもいないのに酔ったふりしてへたりこんだりしつつ、対面所へ向かう、ただそれだけのことを、克明に、丁寧に、贅沢とも言える舞台装置をつけて、描きこむのである。これはごく短い場面であるが、こまやかな味わいは無類である。

　青果はテーマの強調に力を入れる人であったが、芝居の面白さ、そのこくは、むしろこういう一見何でもない、平凡とも言える所にあることを知りぬいていたのである。劇的葛藤、人間決闘の高調場面はもとより青果の得意の領域であり、モラリスト、思想劇作家としての青果の偉大はそれとして、純然たる劇技巧家としての青果の本領は、ごく些細な、何でもないような場の丁寧な描写にこそあることを強調して、読者もしくは観客が、この短いつなぎの場を、気楽に、心豊かに、かつおろそかならず味わわれることを私は望む。

　さて、下の巻の第一場はまさしくクライマックスで、チェホフ四幕物静劇の第三幕に当たる。この場は全体が見所《みどころ》と言えるが、綱豊役として大事なことは、助右衛門をからかったり、憎まれ口を利いている間にも、彼が本心では助右衛門を愛していることが何となく観客に分からなければならず、ここで意地悪にみえては勿論いけないので、将軍と間近《まぢか》の大々名が小身者の助右衛門に途方もないことを言われても笑って聞いているのだから、人間の大きさを感じさせなければならない。それとからかいや憎まれ口から誠実心の発露に移る際に十分の自然性や人を打つ説得性がなければならない。無論戯曲そのものがそのように出来ているのだから、基本的には役者は素直であればいいわけだが、やはり人柄や器量が問われるのである。

助右衛門に六代の征夷大将軍をお望み故云々と言われた時は彼は心底《しんそこ》怒っている。従って怒りの極致の人間の姿を見せねばならないが、取り乱してはいけないし、この人らしい品位を失ってもいけないのももとよりである。去りぎわの「助右衛門、忘れるなよ、わりゃ俺に憎い口を利きおったぞ」の一言は、けだし役者の力量の示し所であろう。

助右衛門としては、遠慮しているのはほんのちょっとの間で、次第に図太くなって行き、殊に綱豊の誠心に動かされる度に、逆に普通には言うべからざる事を言うに至る所に無類の面白さがあり、最後の綱豊を怒らせる台詞と態度には反抗心と思い切った大胆さと、誠実心と無限の悲痛味がなければならない。

この人は最後には綱豊に恐れ入るのであるから、人物の大小に多少の差はあるにしても、それほど綱豊より小さい人間に見えてはならず、劇的人物としてはここでは正に対等に張り合っているのであるから、その加減が大事である。

お喜世はこの場では、終盤前までただ助右衛門の言葉にはらはらしても、事実は何も出来ないので、まずは辛抱所《しんぼうどころ》と言える。「兄さま覚悟」から「重ね重ねの過言、お手討ちを待つまでもありませぬ」と懐剣に手をかけるあたりから、俄然様相が違って来て、綱豊が去ってから、真の男女激闘の姿となる。未熟な役者がやると、ここで男が出る。あくまでも昔ながらの女らしさ、愛される人にふさわしい品位と優しさを失わずに、助右衛門と組んずほぐれつの中に、ぎりぎりの懸命必死の姿と、男女を問わぬ人間の気魄を見せねばならない。ここで観客を昂奮の頂点に押し上げなければ、芝居としての意味がない。青果は当然それを期待し、その用意をして書いているのである。

最後、大詰めは、ほとんど綱豊の一人芝居である。この大台詞は、根本は事の道理を説いているわけだが、説教調に流れすぎてはならず、大石の心を察し語るくだりは優しさに満ちて、助右衛門を教えさとす中にも、痛烈な気魄や信念と共に、底に情愛が流れているべきと思う。

以上で鑑賞の項を終えるが、終わりに近づくに従って、私が多年この劇に接しているうちに自然に心にたまっていたものが止み難く流れ出してしまって、心中恥じ入っている。差し出た御無礼あらばおわびすると共に、読者の何かの御興味なり御参考なりになれば、私は幸せである。

〔底本〕『真山青果傑作選6』田辺明雄編集解説、北洋社、一九八〇年

〔参考書目〕（全体にわたる。敬称略）

『広辞苑』　新村出編、岩波書店、一九九八年第五版

『世界大百科辞典』　編集顧問東竜太郎ほか、編集委員青山秀夫ほか（以上いずれもアイウエオ順）、編集長林達夫、平凡社、一九八一〜一九八六年

『正史赤穂義士』　渡辺世祐著、光和堂、一九六五年

以上、著者、編者、御関係の方々に、お世話になったことを心からお礼申し上げます。

巷談宵宮雨　三幕八場

〔初演年月日・初演座〕昭和十年（一九三五）九月二日、歌舞伎座。

〔作者〕宇野信夫（一九〇四―九一）。本名、信男。

〔初演の主な配役〕元妙蓮寺住職竜達（六代目尾上菊五郎）、虎鰒の太十（六代目大谷友右衛門）、太十女房おいち（三代目尾上多賀之丞）、竜達娘おとら（三代目尾上菊之助、のちの七代目尾上梅幸）、早桶屋徳兵衛（六代目坂東彦三郎）、徳兵衛女房おとま（四代目市川男女蔵、のちの三代目市川左団次）、鼠取薬売勝蔵（五代目尾上松助）、桂庵婆おきち（尾上照蔵）。

〔題材〕春錦亭柳桜の人情噺『うれしの森』（講談・実録体小説では『鏡台院（鏡態院）騒動』『安永邪正録』）の脇筋を原拠として取材するが、ほぼ作者の創作にちかい二番目（世話）狂言となっている。原作は旗本森半左衛門家のお家騒動で、本作はまったくそれとは無関係である。

　まず本作の成立事情に関して述べる。脚色の経緯については、作者が各種所収本中の解説や随筆類に記述しているが、ここではまず初演時（初日の三日のち）に執筆された「作者の言葉」を、『演藝画報』誌、昭和十年十月号から再録する。少し長いが、のちに述べるように重要とみなされるため、しばらくお許し頂きたい。

「巷談宵宮雨」はこの七月はじめに一週間ばかりで書いたものですが、これを書くについてはこんな話があります。

龍泉寺のとある露路口に小さな古本屋があります。四五年前の夏、散歩の途すがら不図そこへ立寄つたのですが、古い人情本やボール表紙の小説本や錦絵や番附や、なかなか珍らしいものが並べてあり、しかも格安に売つてくれるので、橋場からそこまでは一またぎですから、月に二三度はそこをたづねるやうになりました。主人といふのはもう七十に近く、頭はつるつるで小がらで面白い顔をしてゐます。歯はないが歯切れのいい口調で、よくかういふ年寄になると、若い者をつかまへていろいろ昔の能書をいふものですが、この老人には少しもそんな気ぶりはありません。もとは何か由緒のある人らしくも見えます。夏の晩、私が本をあさつてゐると年寄は店さきへ蚊とり線香をもつてきてくれます。本屋の隣りは小さい葬儀社なので、年寄に錦絵や番附を見せてもらつてゐると、カンカンと棺桶をこしらへる音が聞えてまゐります。若い者のくせに忘れられた本や、役にも立たない絵を見てゐる自分が時には情なく思はれ、年寄と同じく自分まで世にも人にも捨てられた敗残者のやうな気持のすることもありました。

講釈師の伯知が死んだ時、主人は「百花園」の合本や、ボール表紙の講釈の速記本を伯知の家から買つて、私に売つてくれましたが、春錦亭柳桜の「うれしの森」といふ人情噺の本もたしかその中の一冊でした。全体としてはとりとめのない詰らない噺ですが、発端は大へん面白いと思つてゐたのですが、それから一年半ばかりたつたこの七月、その発端に暗示を得て、暑いさなかでしたが一週間で書き上げることが出来ました。すぐ六代目が上演してくれることになり、本読みの前にいろいろ手を入れましたが、それがあの八月なかばの長雨の最中でした。鎌倉の俳句友達は

読みかへす怪談劇や夜雨涼し

といふ句をかいてよこしました。

長雨も晴れ、脚本も出来上りましたので、私は殆ど一ケ月ぶりで龍泉寺の本屋を訪れました。すると店がすつかり片づけてあつて、いつもの店の片隅のところに主人のつるつるの頭も見えません。息子が出てきて、「親父は一週間前死にました。私はガス会社へ勤めてゐますので本屋はやらなくてもいいのですからやめました。親父があなたによろしくと云つてゐました」

と言ひます。あの長雨が年寄のからだにはいけなかつたのでせう。

一ケ月前、五代目菊五郎と八代目団十郎の死絵を求めに行つて、一時間ばかりいろいろ話をとりかはしたのが、年寄との別れの日でしたが、今となつては死絵を求めたことも何んだか妙な気が致します。

つまらない因縁話で紙数がつきましたが、「巷談宵宮雨」は徹頭徹尾私の趣味ばかりで書いたもので、「悪趣味の芝居」とある人々からは言はれはしまいかと心配してゐます。観客諸氏が若し御満足を得られたとしたら、それは六代目の演出、俳優諸氏の演技のおかげであります。(九月五日記)

本作の成立事情に関して書かれた最も古い自作解説文である。これを読んで、おや、どこかで読んだような、と首をかしげる人もあろう。それはかの永井荷風『濹東綺譚』(昭和十一年九月起筆、同年十月脱稿)の冒頭部分のシチュエーションに酷似しているためである。いま較べて併置するに、荷風作品に出てくる古本屋は「山谷堀の流が地下の暗渠に接続するあたりから、大門前日本堤橋のたもとへ出ようとする薄暗い裏通」にあり、店に積まれた品物は「創刊当時の『文藝倶楽部』か古い『やまと新聞』の講談附録でもあれば、意外の掘出物」といった性格の書肆で、また「主人は頭を綺麗に剃つた小柄の老人。年は無論六十を越してゐる。その顔立、物腰、言葉使から着物の着様に至るまで、東京の下町生粋《きっすい》の風俗を、そのまま崩れずに残されてゐるのが、わたくしの眼には稀覯《きこう》の古書よりもむしろ尊くまた懐しく見える」という。「わたくし」はこの店で『芳譚雑誌』の合本と、表具用に求めた胴抜の長襦袢を買取り、警邏の巡査につかまり、派出所へ連行され取り調べを受けるはめとなる――という印象的な出だしの件りである。

所も同じ吉原周辺、古本屋の主人もほぼ似た風采、蚊とり線香を持ち来るかわりに「中腰になつて坐布団の塵をぽんと叩き、匐《は》ふやうな腰付で、それを敷きのべ」てくれるくらいの違いである。吉原周辺ではあるが、宇野の通った店は吉原の西北隣の竜泉寺町（別の記述では「おはぐろ溝《どぶ》のあとにできた花園通り」の「路地」）にあり、こなたは東側の日本堤の裏通りである。宇野の証言によれば、この「頭はつるつるで小がら」の老人は、この年（昭和十年）の八月頃には死んでおり、しかしながら荷風の『断腸亭日乗』昭和十年十月廿五日の記載するところによれば「旧友に逢ひたる心地」で会話している。これは果たして偶然の一致であろうか。不一致の点に作為はないのであろうか。

宇野信夫は慶応大学の出身で、その処女作の戯曲『ひと夜』は、水上瀧太郎に激賞された。また処女上演作となった『吹雪峠』は、二代目市川左団次によって主演され、三田に縁があり、杏花市川左団次のブレーンの一人でもあった荷風散人の眼に、劇界デヴューをした新人宇野信夫が映らなかったとは言えないし、何かのおりに右の『演藝画報』誌の記事が眼に触れた可能性もある。『濹東綺譚』の出だしを、この記事が触発したのだとすると、いったい『断腸亭日乗』の記事は何だろうか。筆者はなぜこのことを、宇野信夫在世中に気づいて訊きたださずに終わってしまったのか、詮なきことながら臍《ほぞ》を噛む思いである。

右に引用した作者の文章中、本作は「ある人々から」「悪趣味の芝居」として非難されることを想定していた。その「ある人々」とは誰々か、別の文章で見てみたい。

「巷談宵宮雨」を書く三、四年前、まだ私が三田の学校へ通っていた頃、文壇では新感覚派と称する作家が頭をもたげ、一方では左翼の演劇や小説がさかんでした。主義主張、イデオロギーをもたないような作品は、無意味無価値であるというのが一般の風潮でした。

新感覚派横光利一氏の「春は馬車に乗って」が評判になるかと思えば、左翼の作家が続々と世に出ました。

二つの新劇団は、帝劇と本郷座で「西部戦線異常なし」を競演しました。「太陽のない町」とか、「何が彼女をそうさせたか」も評判でした。

私は新感覚派の小説も読み、左翼の戯曲やイデオロギーをもっているという小説も読んでみましたが、一向に頭に入るものがありませんでした。私に面白いのは、やっぱり講釈場や寄席、円朝の速記本や、京伝種彦や、南北黙阿弥でした。

私は寧ろ意地になって、江戸末期の人情本や読本《よみほん》を読み耽りました。小説といえば、紅葉露伴、荷風鷗外のほかは、ほとんど興味がありませんでした。（「私の世話物の出来るまで」、『自選世話物集』青蛙房、昭和四十七年刊）

と記すように、新感覚派やプロレタリア文学・演劇の人々から、古めかしいと非難されることを承知していた。この態度は、行文は物柔らかだが、かなり強固なもので、その一貫した反時代的精神は荷風とも通底し重なりあっていた。

作者自身、しばしば鶴屋南北や河竹黙阿弥の作品に言及し、その情趣や生き生きとした形象や会話について書きもしてきた経緯もあり、表現として世話狂言の様式を意識したため、作者は歌舞伎史の流れのなかで新作世話物作者として位置づけられてきている。事実、本「歌舞伎オン・ステージ」に採り上げたのもそのような評価に拠ってのことであり、また上演するにあたっては歌舞伎俳優の手にかかることが通例となる。本作の隣家に「早桶屋」が登場するので、棺桶好きの南北の穴を狙ったものかとつい思い込みがちだが、それはたまたま実景の「本屋の隣りは小さな葬儀社」で「カンカンと棺桶をこしらへる音」が聞こえてくるのを応用したまでというタネ明かしをされると、作者の歌舞伎台帳風のト書きでデザインされた世話狂言の様式は、いったん取り払って再考せねばなるまい。

作者は若い時代に最も影響を受けた作家に小川未明を挙げ、またモルナールやヴィルドラック、チェホフの諸作に深い感銘を受け、特にヴィルドラックの『商船テナシティ』には「私は読み終って、深い溜息をついた。私はそれまで、こんなに胸を打たれた戯曲に出会ったことはなかった」と回想し、「さして長くもない三幕の戯曲の中に、私は人の世のはかなさと、人の心の暖かさを、しみじみと感じた」（『人の生きるは何んのため』講談社、昭和六十一年刊）と述べて、劇作家として立つ決意をうながしたのは、西欧近代劇であったことを明かしている。処女上演作『ひと夜』は築地座の友田恭助らの手で昭和八年十月に初演された。

しかし翌々年の昭和十年一月、東京劇場での『吹雪峠』（二代目左団次、二代目市川猿之助＝のちの猿翁ら）上演以来、作者の行路は大劇場へ、即ち歌舞伎俳優を設定しての劇作へと振り向けられる運命となった。

これを心ならずもなどと言うべきではなく、作者はそのことをむしろ喜び感謝しつつ終生歌舞伎俳優を対象として筆をとりつづけて畢《おわ》ったのは事実である。多くの作が主として六代目尾上菊五郎の手で演じられたため、六代目一座の座付作者の如く扱われたが、しかしそれは作者の本意ではなかった。

「宇野信夫ほど、俳優に恵まれた者はいない」とよく言われ、「六代目が演じるから面白いのだ」「役者の腕で見せているのだ」などと言われることがあって、若い私は、名優とうたわれる人によって自作の上演されるのを、実はあまり喜ばなかった。（『人の生きるは何んのため』）

とまで言うほど、青年期の作者はジレンマに陥ちた。贅沢な絶望であった。後年に至るも作者は「戯曲は、まず読者に読まれるためにある。戯曲作家にとって、読まれて悦ばれるのがいちばん嬉しい」という意味のことをしばしば口にしていた。

本作品は当初、遊び人太十を六代目が演ずるべく作者は予想していたが、六代目は下司《げす》で好色な坊主崩れの竜達を選び、その選択は図に当たり、その性格描写と六代目の芸風がマッチして好評を得、六代目は昭和十四年六月、二十三年七月と再演を重ねた。六代目はお家の芸ともいうべき怪談狂言には、その肥満した体つきや丸顔からしてふさわしからず、三代目菊五郎いらいの『四谷怪談』のお岩は、義兄の六代目梅幸の専売特許となっていた。のちに「兼ル」の称号を付けた「兼ル番付」を発兌《はつだ》しようとはかったほど、行くところ可ならざるなしと自任する六代目にとって、幽霊役はアキレス腱であり、文字どおりの髀肉《ひにく》の嘆《たん》となっていた。昭和八年七月の歌舞伎座でお岩役を演じたものの、当人も不本意、周囲も不評で、いっぺんこっきりのおわり初物、ブロマイド写真も破棄させたと伝えられている。そうした中へ飛びこんできた立役の、しかも好色な坊主の亡霊の役であったから乗り気になったのは勿論であった。

稽古中、六代目は太十役の友右衛門とセリフをとりかわしながら、「どうもいやな爺だね」「下等な奴だ」そんなことを言って、まわりの者を笑わせた。六代目は心から此の竜達という下等で助平でケチな坊主に興味を持ち、真底からそれになりきってくれた。作者の私がこれを見て、うれしくない筈はない。

(「おぼえがき」、『宇野信夫戯曲選集　怪談民話劇』青蛙房、昭和三十五年刊)

また稽古場で六代目は、友右衛門（太十）のセリフで「きょうは閑《ひま》だから魚釣りに行ってきた……」云々とあるのを聞きとがめ、「釣りは魚のほかは釣らない、魚釣りというのはどうかな」とひとり言をいってたしなめた、という。さらに、

太十が金を持ってきてくれた礼に、竜達が二両出すところがある。太十はその額の少ないのに驚いて、「おぢさん、これア何だね」「二両だ。まア鰻でも食ってくれ」「おぢさん、お前本性かえ」「ウム、師直ぢゃアねえが本性だ」というところがある。

稽古の時、六代目は太十役の友右衛門に向って、「おぢさん、本性かえ」と云うところを、もう一度押してくれと註文を出した。

「おぢさん、本性かえ」「え？」ここで六代目は一度白ばっくれて訊きかえすのである。すると太十はじ

れったそうに、「おぢさん、本性かよウ」ト六代目は深くうなづいて「ウム、師直ぢゃアねえが本性だ」これで「師直ぢゃアねえが本性だ」というセリフが観客によくわかるのである。そのセリフが栄《は》えるのである。つまり、六代目はセリフのカンドコロを深く理解し、これを強調してくれたわけである。私はこうした細かい技巧に頗る感服した。こう云う役者が脚本を仕生かす役者と云うのであろう。(『私の戯曲とその作意』住吉書店、昭和三十年五月刊)

こうした創造現場での工夫は、そのまま戯曲に採り込まれて今日に定着しているわけで、ある意味では六代目演出台帳といっても、けだし過言ではあるまい。人物、背景、情調にいたるまで、南北―黙阿弥―人情噺―近代劇と、二重映し三重映しにさせながら、宇野信夫独自の宇宙を構築してみせたこの一作は「あまたの戯曲を書いたけれども、これ程私の好きなものの揃った作を書いたことがない」(『私の戯曲とその作意』)と作者は断言しながらも、なおその先、本作の水準を超える作品を創造することを罷《や》めなかった。

六代目の没後は、竜達役を十七代目中村勘三郎、八代目市川中車、四代目中村梅之助、五代目中村富十郎らが演じ、それぞれの持ち味で好演し評価を得た。本シリーズでは各優の芸談を採録すべきはずなのだが、残念ながら管見に入らなかった。読者諸氏の御宥恕を乞う次第である。

〔底本〕「これを定本としたい」と前書きされる『巷談宵宮雨・宇野信夫著作集』(青蛙房、昭和四十三年八月刊)。

〔参考文献〕『私の戯曲とその作意』(住吉書店、昭和三十年五月刊)、『宇野信夫戯曲選集』五巻(青蛙房、昭和三十五年刊)、『自選世話物集　附　私の世話物の出来るまで』(青蛙房、昭和四十七年十月刊)、『昭和の名人名優』（講談社、昭和五十九年六月刊）、『人の生きるは何んのため』（講談社、昭和六十一年七月刊）。

事情により本巻収録作品を変更いたしました。

――編集部

編著者略歴

真山美保（まやま　みほ）
一九二二年生
日本女子大学文学部国文学科卒
新制作座文化センター主宰（理事長）
日本演出家協会・国際演劇協会日本センター会員
文部大臣奨励賞（一九五三年）・菊地寛賞（第七回）・
　東京都文化賞受賞
主要著書
「泥かぶら」
「日本中が私の劇場」
「馬五郎一座てん末記」（「年刊戯曲2」所収）
「真山美保のことば」（CD2枚）

小池章太郎（こいけ　しょうたろう）
一九三五年生
近世演劇専攻
跡見学園女子大学教授
主要著書
「考証江戸歌舞伎」
「鶴屋南北の世界」
「江戸の残照」
「芸能語源散策」
翻刻
「江戸砂子」
「藤岡屋日記」

御浜御殿綱豊卿
巷談宵宮雨
歌舞伎オン・ステージ23

二〇〇二年三月三〇日　印刷
二〇〇二年四月一五日　発行

編著者 ©　真山　美保
　　　　　小池章太郎
装丁者　平野甲賀
発行者　川村雅之
発行所　株式会社　白水社
東京都千代田区神田小川町三―二四
電話　営業部(〇三)三二九一―七八一一
　　　編集部(〇三)三二九一―七八二一
振替〇〇一九〇―五―三三二二八
郵便番号一〇一―〇〇五二
http://www.hakusuisha.co.jp
乱丁・落丁本は、ご面倒ですが、送料小社負担にてお取り替えいたします。

印刷　三秀舎・東京美術
製本　加瀬製本所

Printed in Japan　ISBN4-560-03293-9

歌舞伎オン・ステージ

kabuki on-stage

全25冊・別冊1

■B6判　一六二頁〜五三七頁
■各巻本体二二〇〇円〜四八〇〇円

＊白ヌキ数字は既刊

【監修】郡司正勝／廣末保／服部幸雄／小池章太郎／諏訪春雄

　わが国の伝統演劇を代表する歌舞伎はその魅力といい、文化的意義といい、世界に誇りうる舞台芸術である。同時代の大衆の機敏な精神と旺盛な美意識によってつちかわれてきた歌舞伎を、現代人の感性にひきつけて再発見するために、名作歌舞伎の新しい視線と読書感覚を呼び起こす。

❶ 青砥稿花紅彩画（あおとぞうしはなのにしきえ）
蔦紅葉宇都谷峠（つたもみじうつのやとうげ）
❷ 妹背山婦女庭訓（いもせやまおんなていきん）
伊賀越道中双六（いがごえどうちゅうすごろく）
❸ 伊勢音頭恋寝刃（いせおんどこいのねたば）
夏祭浪花鑑（なつまつりなにわかがみ）
❹ 一谷嫩軍記（いちのたにふたばぐんき）
近江源氏先陣館（おうみげんじせんじんやかた）
絵本太功記（えほんたいこうき）
梶原平三誉石切（かじわらへいぞうほまれのいしきり）
❺ 桜姫東文章（さくらひめあずまぶんしょう）
❻ 鏡山旧錦絵（かがみやまこきょうのにしきえ）
加賀見山再岩藤（かがみやまごにちのいわふじ）
❼ 籠釣瓶花街酔醒（かごつるべさとのえいざめ）
神明恵和合取組（かみのめぐみわごうのとりくみ）
❽ 仮名手本忠臣蔵（かなでほんちゅうしんぐら）
❾ 盟三五大切（かみかけてさんごたいせつ）
時桔梗出世請状（ときもききょうしゅっせのうけじょう）
❿ 勧進帳（かんじんちょう）　毛抜（けぬき）
暫（しばらく）　鳴神（なるかみ）　矢の根（やのね）
⓫ 天衣紛上野初花（くもにまごううえののはつはな）
⓬ 傾城反魂香（けいせいはんごんこう）
嫗山姥（こもちやまうば）
国性爺合戦（こくせんやかっせん）
平家女護島（へいけにょごのしま）
信州川中島合戦（しんしゅうかわなかじまかっせん）
⓭ 五大力恋緘（ごだいりきこいのふうじめ）
桜門五三桐（さんもんごさんのきり）
⑭ 三人吉三廓初買（さんにんきちさくるわのはつがい）
⓯ 新版歌祭文（しんぱんうたざいもん）
摂州合邦辻（せっしゅうがっぽうがつじ）
ひらかな盛衰記（ひらがなせいすいき）
⓰ 菅原伝授手習鑑（すがわらでんじゅてならいかがみ）
⓱ 助六由縁江戸桜（すけろくゆかりのえどざくら）
寿曾我対面（ことぶきそがのたいめん）
⓲ 東海道四谷怪談（とうかいどうよつやかいだん）
⑲ 双蝶々曲輪日記（ふたつちょうちょうくるわにっき）
本朝廿四孝（ほんちょうにじゅうしこう）
⓴ 伽羅先代萩（めいぼくせんだいはぎ）
伊達競阿国戯場（だてくらべおくにかぶき）
㉑ 義経千本桜（よしつねせんぼんざくら）
㉒ 与話情浮名横櫛（よわなさけうきなのよこぐし）
㉓ 御浜御殿綱豊卿（おはまごてんつなとよきょう）
巷談宵宮雨（こうだんよみやのあめ）
㉔ 桐一葉（きりひとは）
鳥辺山心中（とりべやましんじゅう）
修禅寺物語（しゅぜんじものがたり）
㉕ 舞踊集
別冊　歌舞伎——方法と原点を探る

価格は税抜きです．別途に消費税が加算されます．
重版にあたり価格が変更になることがありますので，ご了承下さい．